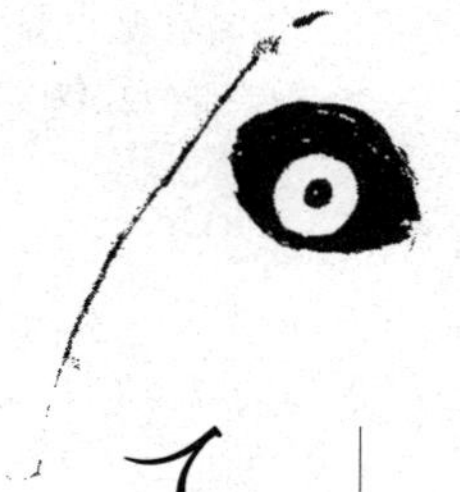

人间游戏

钟宇 著

HUMAN PLAN

中国友谊出版公司

图书在版编目（CIP）数据

人间游戏 / 钟宇著. — 北京 ：中国友谊出版公司，
2018.9（2022.4重印）
ISBN 978-7-5057-4498-1

Ⅰ.①人… Ⅱ.①钟… Ⅲ.①长篇小说－中国－当代
Ⅳ.①I247.5

中国版本图书馆CIP数据核字(2018)第205544号

书名 人间游戏
作者 钟宇
出版 中国友谊出版公司
发行 中国友谊出版公司
经销 新华书店
印刷 唐山富达印务有限公司
规格 880×1230毫米 32开
8.75印张 180千字
版次 2018年10月第1版
印次 2022年4月第2次印刷
书号 ISBN 978-7-5057-4498-1
定价 42.00元
地址 北京市朝阳区西坝河南里17号楼
邮编 100028
电话 （010）64678009

—— 最亲密的，最陌生的，最凶残的 ——

目录
CONTENTS

CONTENTS

第一章

被遗忘的，世人所不知

失意的刑警夏晓波、刚回国的心理学专家邵长歌、长发飘飘的入殓师王栋，分离七年后的首次聚会。天台上的巨人观女尸被发现，还有被遗忘的少女林珑，她的名字再次被人提起。

巨人观（bloated cadaver/giant cadaver），是一种尸体现象。本就寄生于人体的腐败细胞失去了人体免疫系统的控制，开始疯狂繁殖起来。这些数量惊人的腐败细菌会产生绿色的气体，充盈在人体内，使得尸体如同充气的气球一般膨胀起来。

. 1 .

我叫夏晓波，是一名刑警。或者，应该说当时是一名刑警。

我毕业于苏门大学政法学院，犯罪心理学专业，毕业后加入警队。因为犯罪心理学在当时比较火，很多分管刑侦的领导都认为，这一看起来高大上的学科，将给刑事侦查带来天翻地覆的变化。所以，在这个专业里有着不错成绩与建树的我被海城公安局相中，直接进了海城市局刑侦支队技术中队。

遗憾的是，我们这一专业出身的科班刑警，在实际办案中，普遍出现了眼高手低的情况。深究起来，其实也不能怪我们。犯罪心理学这一西方学科，所有结论的采集样本都是来自西方的罪犯。于是，我与我的一干同学，处境都很尴尬，成了市局老刑警们最喜欢在茶前饭后调侃的笑资。

2006 年，我报名参加司法考试。

是的，我想离开警队了。尽管从警一度是我的理想，披上警服的第一天，我也热泪盈眶。但收入不高，工作强度大，社会的不认可等各种原因，令我想要放弃初心了。

海城巨人观女尸案发生的前一个星期，刑警队体检。我们的副大队长被检出了脑癌，晚期。医生一本正经对着当时跟着过去的几个刑警说道："身体是自己的，你们作息不正常，经常熬夜，被癌症盯上，是你们咎由自取。"

咎由自取……同袍们为了这方热土的安宁而耗空身躯，只是我们咎由自取？

所以，通过司法考试，拿个律师证，离开警队，就是我在当时唯一的想法。

巨人观女尸案中，受害女尸被发现时，最初被认定为自杀。死者叫顾琴，25 岁，刚从国外留学回来，进入海城大学任教。她生前一直在发一些关于被抑郁症困扰的微博，被害前也给家人、好友们发了一些明显有着自杀意向的短信。她失踪的那几天里，大学城派出所的同事进入她的宿舍，在里面发现了厚厚一沓遗书。

"或许，她找了个安静到活着的人们都不可能抵达的地方，过只有她一个人的生活去了。"派出所的同事这么文绉绉地说道。

也就是那几天，女教师宿舍楼里总有人给宿管反映自来水里有怪味。正好那段时间市自来水公司在进行系统升级，校方没有把女教师们的反映当回事。到后来，水就不单单是口感不好了，还散发出一股恶臭。宿管寻思着，不会是有什么老鼠之类的死在楼顶的水箱里了吧？这才通知了水电工上去看看，还叮嘱了如果真是那样，清理掉就行了，千万不能声张。

水电工上去后却发现水箱盖怎么都打不开。他折腾了一下午，最后直接用锤子将水箱盖砸开。然后就在水箱里发现已经肿胀的女性尸体，吓到腿软。接警的还是大学城派出所的同事们，现场的初步勘查报告，认定的结果依旧是自杀。也是因为有人死亡，这勘查报告不能马虎。所以，派出所就打电话给市局要法医。

我们刑警大队当时的李俊大队长，已经知道了我想要离开警队，所以平时很少派案子给我跟。巨人观女尸案，我之所以成为专案组成员的主要原因，也是因为最初该案件被认定为自杀，李大队的本意只是安排我开车载法医杨琦过去瞅瞅罢了。

我和杨琦抵达海城大学时，已经是下午五点多了。停好车，等派出所同事来领我们去现场的那会儿，我寻思着高中的死党邵长歌前几天给我打过电话，说自己从美国拿到文凭，回海城大学教书了。于是就给他打了个电话。

邵长歌接到我的电话很激动似的，寒暄了几句，要我去他家。他家自祖父辈起就是书香门第，在大学城附近有一幢小洋楼。我想着这趟现场应该也出不了太久，就应允了下来。

长歌在电话那头笑着说道："那我还叫上王栋吧！他这几天好像挺闲的。"

巨人观（bloated cadaver/giant cadaver），是一种尸体现象。本就寄生于人体的腐败细菌失去了人体免疫系统的控制，开始疯狂繁殖起来。这些数量惊人的腐败细菌会产生绿色的气体，充盈在人体内，使得尸体如同充气的气球一般膨胀起来。

当日那起海城大学巨人观女尸案，就是很典型的溺水死者尸体出现腐败巨人观的案例。死者应该是自己爬入了水箱，从水箱内部将盖子合拢并上了一把铁链锁。锁的钥匙，被提前赶到现场的民警们发现，与死者的手机钱包等物品放在一起，整齐地摆放在水箱下方的一个小台阶上。

“真不知道这姑娘怎么想的，她进去的时候，水箱里的水不一定是满的，甚至还可能是站在水里，自己将盖子盖上。在那么一个又黑又安静的封闭空间里完成这么一系列动作，我们大老爷们儿寻思着都会心里发毛，更别说这么个年轻姑娘……”大学城派出所的同事在接到我们后，这么说道。

我自始至终都没怎么说话，跟在他们身后上了那个弥漫着恶臭的天台。尸体已经被消防队的战士们打捞了上来，搁在天台另一边的一个浅蓝色尸袋里。我皱着眉，没有过去，害怕尸体出现尸爆。要知道这种高度腐败与肿胀的尸体一旦尸爆，那些黏糊糊散发着恶臭的东西会溅得到处都是。杨琦却躲不过，她是法医，本职工作就是与死者打交道。

她戴上口罩袖套，冲我摇了摇头，提着箱子就要上去。

“要不……”我在她身后叫住了她：“要不我先闪吧。”

“赶着去你同学家吧？”杨琦回头问道。

“嗯！”

杨琦微微笑了：“去吧，反正你这趟也只是陪我过来，没有你啥事。”

我点头，将车钥匙留给了她，往楼下走去。

这栋女教师宿舍楼里住的人并不多，但也不少。在楼下抬头看那些随风飞舞着的衣裤，就大致能判断出人数。而在这个刚刚拉开帷幕的夜晚，整幢楼却如同暗影中狰狞的魔王一般，没有一丝光亮溢出。

我笑了笑，这些可怜的女教师，这会儿应该都如同逃离地狱一般，离开了这栋宿舍楼吧。她们应该在不断地呕吐，一直呕吐到嗓子眼发苦。她们也应该在不断洗刷，洗刷到毛孔深处不再有之前路过的液体。

是的，那位死在水箱里的女人，将自己消失的生命用另一种方式渗透到了其他女教师的身体里。她的灵魂溶解于水箱中本该干净的液体之中，接着，那液体顺着水管，经历茶杯、淋浴头、脸盆，去到了另一群女人的肠胃，也浇灌到了她们光滑的皮肤与丝丝缕缕的发丝深处。

想到这些，我加快了脚步，朝着海城大学外面走去。所幸有风，宛如能够吹散我身上那来自案件现场的微小恶臭因子。我突然觉得很失落，为自己当时才26岁本应该美好的时光，却因为职业而无法逃避阴暗世界的侵袭而悲哀。

从警，究竟为了什么呢？我越发迷惘了。

. 2 .

邵长歌打小就是一个很有魅力的男孩，他与他的家人都好像天生带着一种独特的高贵气质，令与之接触者自惭形秽。20世纪那段疯狂的年代里，诸多老知识分子家都被打砸，他家那幢小洋楼却没事。甚至还有海城大学的学生们自发组成护卫队，在他家小院外守护。

也是因为那年代里的一些事，令邵长歌的爷爷——原海城大学校长邵树人先生心生凉意。七年前，他们全家移民去了美国。而当时在海城大学心理学专业读大一的长歌，也拿到了海外某名校的录取通知书，离开了这座城市。

所以说，我从来没有想到他会回来。潜意识里，总觉得邵长歌这么个家伙，本就不属于我们这个世界。之所以能够与我们这些人相识为伍，只是命运的错笔罢了，之后，命运又连忙更正了。

院子外的铁门没有被带拢，我伸手推开，能听到“吱吱”的声响。紧接着，我便看到了长歌，七年没见过的长歌。他手里握着一把长扫帚，正在将院里的落叶收拢，倒进垃圾桶。他的身材依旧修长，有着棱角的肩背说明他保持着长期且良好的锻炼习惯。

“你来了。”他扭头，冲我微笑。

“我先看看你准备了一些什么吃的，肚子饿死了。”我边说着，边大步走向院子里摆放着的长桌，上面有着几个饭盒，应该是他为今晚的聚会特意叫来的好吃的。

长歌耸肩，将最后一点落叶倒入它们要被埋葬的地方。他放下扫帚，弯腰在一旁的水龙头处洗手。接着，他抬头往大门处望去：“嘿！你俩是约好了的吧？晓波刚进门还没有两分钟，你这家伙就到了。”

说完这话，他大步向前，迎上了刚从车里钻出来的王栋。

我也转身了，没再去计较桌上有着什么。

一把搭上长歌肩膀的那个扎着马尾、毛发比较旺盛的大块头，正是我们高中三个死党中的另外一个——王栋。只是，大学毕业后的他，进了殡仪馆上班。而我是刑警，刀尖上的职业。所以，彼此都很忌讳过多的联系。

那天晚上，王栋最为激动，他说他好久没有这么开心过了。他还说自己在我们三个人里是最笨的，所以考不上好大学，学了个现代殡仪专业，想着就业竞争压力不会太大。谁知道现在的工作，却是每天和死人打交道。

是的，王栋——这么个高大的小伙，却是一个入殓师。他每天的日常，就是给死去的人们收拾最后的模样。也因为这么个职业，他过得越来越边缘化，甚至家人都与他渐行渐远。最终，能够听他说话的人，似乎只有已经逝去的亡者。

听他说起这些，我不自觉地将手往鼻子上摸了摸。那一瞬间，我仿佛又闻到了之前那具巨人观女尸的恶臭。长歌歪头看看我，目光的焦点集中在我放在鼻子上的手指上。我知道他在美国学的是什么，一个如他一般的心理学家，总是会习惯性地观察身边人的细微动作，去分析身边人心中所想。

我冲他瞪眼：“盯着你晓波哥干吗？”

长歌笑了：“你这趟出警，是顾琴自杀的事吧？我听说了，现场味道挺大。而你在听王栋说起尸体时皱了皱眉，应该是不自觉地感觉再次闻到了尸臭味。实际上，就算你身上真还遗留着尸臭味，也已经少到我们人类的嗅觉无法捕捉到的程度了。所以，扰乱你的，只是你潜意识里对于之前现场气味的记忆而已。”

“还要你教吗？”我假装生气对他呵道，“别忘了我是学什么的，犯罪学，我们也有心理课程，也有学微表情这些。嘿嘿，所以，这里能看透别人的，不只你一个人。”

“那……难不成我在这变成小透明，你们两位瞅着我就是一个裸男了？”王栋一本正经地说道。

“也不尽然，你还有毛发。”长歌扭头冲他笑着说道。

“对了，长歌，你为什么回来啊？”王栋问道。

也就是在这一刻，我捕捉到长歌的一个细小动作，他很突然且有点匆忙地将本来自然垂下放在椅子上的双手抬了起来，环抱到了胸前。

他有不安全感？

职业习惯驱使我故意扭头望向一旁问话的王栋，但余光却集中在长歌身上。他那环抱到胸前的双手明显紧张，手掌和手指全部被他收拢到了手臂与躯干接触的缝隙里。

他不但有不安全感，还想隐瞒什么。

“就是不习惯美国的生活，想回来待着而已。”长歌说这话的时候，看似很无意地扭头望了望围墙外的世界。

他是在说谎，但是，这谎言背后，或许不过是属于他家庭或是人生里某些不便言语的事由而已。我并没有深究，望了望围墙另一边那栋如同城堡般的旧楼房，那里是海城市精神病院的旧院区，里面是不是还有精神病患待着，就不得而知了。

长歌那环抱的双手放下了，继续说道：“海城大学的心理救助中心一直都做得不好，不能真正为大学生们提供帮助。所以我这趟回来，就是接管这个救助中心。之后上哪些课，或者要不要带班，都等学校安排就是。”

就在这时，我猛地想到了什么，并回过头来，望向长歌：“咦，之前你不是说起了今天这起命案里死者的名字吗，你认识她？”

长歌点头，伸出手将桌子上的饭盒一个个打开：“不但认识，还有过一些接触。我回国是飞的北京，那些天她正好被学校派去北京学习。校方抠门，要我和她结伴回海城，那样去机场接送就只需要派一次车。不过，我也就只是那一两天和她有交道。回学校这一个多月里，就再也没有什么接触。”

“哦！你是和她一起回的海城。”我点了点头，“之前我看了她的相片，这个顾琴长得还挺漂亮的。遇到这么个年轻漂亮的姑娘，你一个光棍回到离开已经七年的城市，孑然一人，却为什么没有多勾搭勾搭人家呢？”

长歌抬头：“夏警官，我怎么觉得和你说话也变得累了起来呢？你的这种问话，应该是对被你抓回局里的犯罪嫌疑人说的吧？”

我也意识到自己有点过了，连忙摇头，帮他将桌上的一次性餐具掏出袋子：“习惯了。难不成，你小子心虚？”

“嗯！我心虚。”长歌笑了，从身后地上的冰桶里提出了一个早已倒满红酒，提前醒着酒的玻璃瓶，“我担心这瓶来自法国的红酒，会被你们俩喝个精光。”

我和王栋也都笑了……我们都26岁了，青春的尾巴了。我们也都有着彼此不想告人的一面，不再像当日少年时什么都愿意彼此倾诉了。

“敬我们分别的七年。”长歌举起了手里的高脚杯。

三个酒杯碰到了一起。

那晚分开时，长歌叫住了我，他对我招手，示意我走过去说话。我看了一眼站在路边等代驾司机的王栋，转身过去。

“晓波，能帮我个忙吗？”长歌搓了搓手，那细长的手指如同有着造物主才有的手艺，又如同具备着某种能够将生死折叠的精巧。

我点头。

“我想找林珑。”他微微笑了，有点不好意思。

“哦！”我也笑了，“这才是你回来的真正目的吧？”

“是吧……”他点头，又顿了顿，“七年前，我将我最爱的姑娘遗失在这座城市里。现在，我想要重新找回她。”

. 3 .

林珑是个很文静的姑娘，虽然她在高中分文理科之前，和我们也都是同学，但真正和她打交道并不多。她与邵长歌算是青梅竹马，初中开始就是同学，到高中时期，两人互相对视的眼神中，就已经有着令我们那群当时还懵懂的臭小子羡慕不已的炽热了。况且，林珑很好看，那种越看越好看的好看。她又羞涩，还内敛，似乎是在刻意隐瞒自己的美好。

或许，骨子里的她很吝啬，美好不愿展示给世人看，只愿留予长歌一人。

我记得，她和长歌都是考入了海城大学心理学专业的。只是，在大一结束的那个暑假里长歌出国后，林珑好像就在这个世界上消失了。再说，她本就不怎么与长歌以外的人打交道。她究竟去了哪里？转学或离开了这座城市，也没有谁再问过。

第二天早上刚到局里，就和另外五六个队里的同事接到通知开会。走进会议室时，竟然发现分管刑侦的汪局也坐在里面。

主持会议的是我们刑警大队的大队长李俊，他是一个能够将复杂的事说得很简单的人。直接开口，就说要成立海城大学巨人观女尸专案组，调查昨晚发现的那起命案。

我忍不住小声嘀咕了一句："不是自杀吗？"

李俊点头，接着又自顾自摇了摇头："自杀也要查。"

"李俊，让杨琦说吧。"汪局在会议桌的另一头吱声了。李俊是他的爱将，刑侦是一把好手。但放到台面上发个言，主持个会议什么的，明显就不是他这么个直来直去的汉子的强项了。

杨琦站了起来。她将手上一沓厚厚的纸挥了一下：“派出所的报告和我的初步尸检报告都出来了，你们面前都放了一份。指向死者顾琴是自杀的证据有不少，指向是他杀的目前就只有这么一点。”

她环视了大伙一圈：“我们清理掉水箱里的水后，在里面发现了这个。”

她举起了一个小塑料袋，塑料袋里有着一颗硬币大小的纽扣，纽扣上，还有一截缠绕在一起的白色细线：“这不是顾琴身上掉下的，也不像是在水箱里浸泡了很多天的。”

“所以，你怀疑这个就是凶手遗留下来的物件？”另一位同事放下了手里的案件分析报告说道。

“是！”杨琦点头。

那同事笑了：“有点牵强，不是每一个案件都必须像推理小说一样。”

李俊打断了他：“杨琦少说了一点。”他站了起来：“你们见过淹死的鱼吗？”

“你的意思是顾琴会游泳？”那位同事反问。

李俊：“不但会游泳，她高中的时候，还参加过全国高中生运动会的游泳项目，得过名次。一个有着国家二级运动员资质的擅长游泳者，她选择的自杀方式会是溺亡吗？”

“也不好说。”我插嘴了，“国外也有过个别运动员选择用自己的专业方式来结束生命的案例。况且，顾琴将自己困死在密闭空间里的死法，本就有着对自己某种类似于惩罚的暗示意义。那么，她特意选择溺亡，也不是没有可能的。”

李俊点头，正要开口。汪局却说话了：“各位，目前我们并不是开辩论会。要拼口才，检察院随便拉一个同志过来，都能说得你们哑口无言。海城大学巨人观女尸案是命案，是命案我们就必须查。最终查出来确实只是自杀固然很好，但如果真是他杀呢？那么，在座的各位就乐意凶手因为我们的武断，而逍遥法外吗？”

“查！”他用手指在桌子上敲了几下，“你们在座的这几个人本周就不要干别的了，给我当一起谋杀案来查。”

走出会议室后我才听说，市局之所以这么重视这起案件，其实还有另一个原因——今天早上的《海城早报》发了个整版报道了这起案件。坊间对死者顾琴这异常诡异的自杀手法颇为震惊，甚至编出了好几个阴森恐怖的小道故事。所以，市局通知了媒体，会在一周后开个新闻发布会，对这起案件进行阐述。之所以要一周的时间，却是因为尸体腐烂程度太高，尸检比较麻烦。

我将卷宗很认真地看完了，包括那些令人有不适感的尸体照片。可能也是因为先入为主的原因吧，我主观上依旧认为这是一起不折不扣的自杀案，所以，卷宗里的内容，都在我的思维中，被导向了自杀这一结论。

我没再深思，将卷宗放入纸袋，转身打开了电脑。这时，我想起了前一晚长歌拜托的事，便发了个邮件给档案科那边的同事，要她们帮我查查林珑。谁知道对方直接给我打了个电话过来，说上周也有同事要她们帮忙查过这个叫作林珑的女人，查出的结果停留在七年前，林珑在海城大学因病休学，具体是什么病就没记载了。

“哦！”我在电话这头应着，“那之前是哪个同事要你帮忙查的啊？”

“大学城派出所的徐所长。而且，徐所也说了，是他一个海归的姓邵的朋友拜托他查的。”档案科的姑娘回答道。

我道谢，心里在骂邵长歌这家伙挺会使唤人，便要挂线。谁知道这时，电话那头的同事扔出了一句：“你们怎么都对这个孤儿感兴趣呢？”

我愣了：“你说什么？孤儿？林珑是个孤儿？”

“对啊！”档案科的姑娘应着，“所以我们才查不出什么啊，她档案上干净得很，无亲无故。”

“那她是谁养大的呢？”我追问道。

“孤儿院啊。”对方回答了这句后似乎就没有了耐心，说有点事要处理，直接挂了线。

放下电话，我越发纳闷了。如果林珑是在孤儿院长大的话，那么，当时的孤儿院，正是坐落在邵长歌家那栋小洋楼的隔壁——也就是现在的精神病院旧院区那栋楼才对。难道，林珑和邵长歌打小就是邻居？

想到这里，我扭过头。坐在我后排办公的刑警贾兵的媳妇，也是个孤儿。

“嘿！你媳妇多大来着？”我冲他问道。

贾兵翻白眼：“我媳妇多大关你屁事。”

我瞪眼：“和你说正事，你媳妇应该也是二十五六吧？我想问问她当时在孤儿院是不是认识我一个高中的同学。”

贾兵咧嘴笑：“我媳妇老实人来着，只认识女的，不认识男的。”

我也笑了：“就是个女孩，叫林珑。”

“林珑？”贾兵却止住了笑：“我听我媳妇说起过这个人。”

“哦。”他的奇怪表情令我意识到这背后似乎隐藏着什么，“有故事？”

贾兵摇摇头：“我的语言表达能力你也知道的，说不清楚。要不……”他眼珠转了个圈，“要不今晚你请我们两口子吃个饭，我让我媳妇给你说说这个叫林珑的姑娘某些奇葩的事吧？”

“奇葩？”我越发迷糊了，记忆中的林珑不但文静，而且成绩非常好，怎么在贾兵嘴里，就是奇葩了呢？

贾兵却站了起来：“晚上就去得闲小院吃川菜吧，我赶着出警，晚上叫我媳妇给你仔细说。”说完这话，他抓起了桌上的大盖帽，朝外面走去。

林珑是个孤儿？还是个奇葩？七年前，她在这世界上凭空消失了……

而也是七年前，邵长歌离开海城，去了美国。

我隐隐觉得，这中间有着某些秘密，是我不知道的。

我又有了一种莫名预感——邵长歌隐瞒了什么，世人都不知道的。

我打给了邵长歌，约了他晚上也去得闲小院。那通电话里，我没说我知道了林珑是个孤儿这事。

我想看看，在他听完贾兵的媳妇说完林珑在孤儿院的故事后，会怎么给我解释。

第二章

被伤害的，曾在心底哼唱

白色校服的麋鹿，美好无瑕。曾经的站牌、雨棚都不见了，唯有那条木质长椅安放在时光中。深夜隐约的歌声拨动着邵长歌的心弦，孤儿院里的世界和暗夜中没有灵魂的人间巢穴默然耸立。

“青春期”（adolecence）一词来自拉丁语，字面理解是“成长”的意思。心理学家、教育家斯坦利·霍尔在他 1904 年出版的著作《青春期》里将青春期比作一次狂飙的运动，并认为这个情绪躁动和叛逆的时期里，行为既可以安静内敛，也可以冲动鲁莽。并且，他还勾绘出一条“心志消沉曲线”，这条曲线从 11 岁开始，15 岁达到高峰，然后逐步回落，直到 23 岁才趋于稳定。

. 4 .

长歌下午给我打电话，说不知道得闲小院的位置，要我去学校接他，我也没推辞。尽管局里的人都很忙碌，但我并不忙碌。所有的忙碌之所以与我无关，因为我早已跳出了自己对自己是个警察的身份认知。

我很快就要辞职了……

我将车径直开到了海城大学的大礼堂外，邵长歌七年前在这所大学里组建过一个小小的话剧社。可惜的是，刚成立不久的话剧社，因为他的离去又草草陨灭。昨晚在聊起这次回到学校后开始的工作时，他也说了：“不单单是为学校经营好学校的心理救助中心，还想将当年没有完成的工作捡起来重新做完。”

这个没有完成的工作，就是话剧社。

我并没有走进礼堂，而是站在礼堂门口故意咳了一下。礼堂不小，但是隔音效果很好。所以，我的咳嗽声，让站在台上与人交谈的邵长歌听到了。他扭头，冲我笑了笑，做了个稍等的手势。接着，他和台上另一个穿着水电工服装的男人说了句什么，两人一起朝我这边走来。

我点上了一支烟，靠在门槛上，看着他俩。长歌应该是在给水电工布置着什么，他声音不大，但很悦耳。不时，他还会用手比画一二，似乎在勾画着他想要的某个布景。

他身边的那男人不时点着头，跟着邵长歌走到了我身边。这时，他朝我望了一眼，眼中似乎闪过了什么，快速暗淡下去，并连忙低头。但他的这一细微动作，被我捕捉到了。因为，他在望向我的那一眼里，目光很明显在我的腿上顿了一下。而这一刻的我，尽管穿着便服，但裤子与鞋并没换下，还是局里发的统一制服。

这一细节，令我特意多留意了他几眼。他个子不矮，年岁也应该是二十七八。头发很乱——他没有定期剪头发的习惯。这样，就显得整个人没有精神，不怎么起眼，自然也不会成为人群中的焦点。

我吐了口烟雾，觉得自己也挺逗的。已经想要离开金色盾牌下的神圣职业，但依旧习惯用这一职业特性看人、揣摩人，似乎也是一种职业病吧。

“好，那就麻烦你了。”长歌对水电工微微笑笑，再转身向我，“走吧，领我去你说的这家味道很好的川菜馆吧！”

我点头，眼神却跳过长歌，望向他身后那已经转身往另一边走去的男人。他有点弓背，步子不慢，但步伐又有种与他这年龄并不相配的迟钝。

“那也是你们学校的吗？”我努了努嘴问道。

“谁？”长歌扭头，见我望着他身后那渐行渐远的背影，才明白过来，“哦，你说他啊？学校工程部的。”

“叫什么？年纪多大？”我又问道。

长歌笑：“晓波，你这几年干刑警，落下的毛病还真不少了。人家只是个弄水电的，姓姚，叫姚沫，挺有意思的一个人。”

“挺有意思？哪方面有意思？”我再次追问。

“他挺文艺的。”长歌看了一眼已远去的那男人背影，“书读得不多，但给人感觉挺文艺，尤其是对我这个剧社，有着一种让人觉得很亲切的热衷。”

“哦！”我点了点头。姚沫，这名字有点意思。

我和邵长歌走进得闲小院时，贾兵和他媳妇已经到了，坐角落里冲我们吆喝。我们上前坐下，互相介绍、寒暄。紧接着，贾兵媳妇就指着长歌笑了，说：“你一进来我就认出了你。嘿嘿！我知道你，你应该就是学院街8号里面住的那个男孩。”

长歌有点懵了：“你是……”

贾兵媳妇继续笑：“你肯定不认识我，嗯！你小时候院子里是不是有过一个木马，那时候你整天坐在那个木马上面晃来晃去，旁边还有个戴着金丝边眼镜的老头总抱本书，在给你说着什么。”

“是！”长歌点头，“那是我爷爷，他经常给我读书听。”

“我住你隔壁。”贾兵媳妇的笑变得有点发涩，她耸了耸肩，“我是个孤儿，就住在学院街9号的那栋福利院里面。天气好的时候，老师会组织我们去楼顶晒被子。那会儿，我们就会趴在栏杆边上伸长脖子，往周围看。可惜的是，在楼顶看到的周围世界，也并不大。不过，经常能看到旁边小洋楼院里的你。”

长歌这才明白过来，他微笑了，他的笑有着一种独特的气质，很好看："对，天气好的时候，我爷爷心情也会很不错，我们俩就会到院里坐着。遗憾的是，我爷爷去年在美国去世了。"

说到这儿，他顿了顿，似乎想明白了什么，扭头看了我一眼，再又扭头回去："那你……那你岂不是和林珑一起长大的？"

"是啊！而且，我和林珑还住过一个宿舍。一直到她考进了市实验中学高中部，需要住校了，她才搬出去。"贾兵媳妇很认真地答道，"不过，也是她考进高中后，就与我们福利院里的女孩儿们没了来往。我们之后聚会的时候也时不时会说起她，可能在她看来，离开福利院，才是她真正人生的开始。"

这女人端起了茶杯，浅抿了一口："也不能怪她，毕竟，福利院的日子对每个人来说，都是段挺心酸的回忆。"

"她很少说起。"邵长歌也收住了笑："对了，你现在和她还有联系吗？"

女人摇头："没。不单单是我和她没联系，其他人也都不知道她之后的经历。但有一点是我们都能够确定的，她不会过得太好。"

"为什么？"邵长歌问道。

"因为她轴，挺偏执的一个女孩。她要做的事情，没有人能够拦得住。而女人啊，太执念了并不好，学不会低头，就会过得艰难。"贾兵媳妇说到这儿，看了身边的丈夫一眼，眼中掠过浓浓情意。

"是吗？她挺轴。"邵长歌自言自语一般小声念叨了一句。

贾兵举起了菜单："先点菜吧！这位邵老师不是从国外回来不久吗？有什么忌口没有？或者，你有什么特别想吃的菜没有？"

邵长歌摇头："我都好。"

贾兵笑：“那行，我就先点菜。点好菜，再让我媳妇给你们说说林珑这姑娘的事。之前她给我说过，听得我都有点觉得瘆得慌。”

“哦！”长歌应着，扭头望向我，“林珑是个孤儿，但就算是你我这么好的关系，我也没有对你说过。希望你理解。”

我点头：“理解啊！所以才没有对你兴师问罪。”

“她很好强。”长歌看了一眼窗外，没再说话。窗外，海城的深秋天黑得很早，几片落叶跟随着不知从何而来的风随意游荡着，路灯微亮。

“行了，开始说故事呗！”我看贾兵把菜点好了，连忙催促起来。长歌也扭过头来，他将身子往后靠了靠，卡座的沙发松软，有着魔力，能够将人吸入其中。

“也没贾兵说得那么恐怖，就只是在我……在我们十二岁那年的一个小事。不过……”女人抬手将鬓角头发捋了捋，犹豫了一下，“不过，也是因为这个事，令我们从那个夜晚开始，都不再敢和林珑打交道。”

“嗯！”邵长歌很有礼貌地配合着女人的故事应着，示意继续。

“我和林珑同年，当时我们都刚进初中。不过林珑成绩好，考进了市实验中学。而我们，都只是在附近的市六中而已。每天早上，林珑都会比我们早起一个小时，然后去福利院外面的车站等校车接。晚上，也是跟着校车回。那时候开始，她就好像已经是和我们分隔成了两个不同世界的孩子了。虽然她每天晚上还要回到我们那个住着八个孤儿的狭小房间里。”

“是的，那三年，我和她都是坐同一班校车。”长歌点头。

“初一开学不久吧……好像是，好像是一个多月后的一个晚上，林珑回来后，心情似乎很好。她拿着自己的饭盒，哼着歌在食堂排队。

然后早早地洗漱好，早早地上床坐着。这时，她从她校服口袋里，拿出了一盒磁带来。”贾兵媳妇说到这里的时候，身体往她身边的丈夫靠了靠。我意识到，这故事的高潮即将来了。

“林珑是没有录音机的。我们所有福利院里的孩子，都是没有录音机的。”女人眼神暗淡下来，“我们是孤儿。能够有食物，有住处，本就是上天给我们的恩赐。录音机和印着花花绿绿图案的磁带，对我们来说，是另一个世界里的东西。而那一刻，林珑拿出了一盒磁带……”

我感觉我身旁长歌的身体往沙发深处越发缩入了。

“我们那房间很小，小到没有人能够有秘密。所以，林珑的这盒磁带，成了大家关注的焦点。她小心翼翼地将磁带盒打开，拿出里面的磁带，放到了她的枕头下。当时，她脸上挂着微笑，那微笑甜蜜得好像她是这世界上最幸福的人。但她的这一举动，令我们的宿舍长刘燕看着不舒服了。刘燕大我们几岁，当时已经很高大了，她脾气不太好，总是喜欢数落我们这些年岁小点的半大孩子。那一会儿刘燕板着脸走了过去，一把掀开了林珑的枕头，将那磁带抢了过来，并恶狠狠地质问林珑磁带是哪里来的。”

“林珑说磁带是她的同学借给她的。刘燕说不可能，一定是林珑偷的。况且，林珑你也没有录音机，拿着磁带干吗呢？才十二岁的林珑脸色就开始变了，并开始咬嘴唇，要刘燕把磁带还给她。刘燕不答应，坐回到自己床上，说要将磁带交给管教老师。也就在这时，林珑站了起来，那一瞬间、那一刻的林珑就像变了一个人似的。她一把抓起了旁边桌上放着的剪刀，朝着刘燕冲了过去。她的另一只手抓住了刘燕的头发，那么瘦弱的她不知道从哪里来的神力，将已经和成人一样高大的刘燕按倒在床上，嘴里还喊了一句‘要你还给我，就得还给我’。说完这话，她扬起了手里的剪刀，朝着被她按在床上的刘燕的脑袋刺了下去。”

贾兵媳妇摇了摇头，眼神中闪过惊恐，仿佛一切还历历在目：“我们所有人都被吓住了，多亏刘燕旁边站着的另外一个女孩反应过来，扯了林珑抓刘燕的那只手一把。刘燕也顺势将头往后一缩，剪刀才没有刺到她头上。不过……”贾兵媳妇端起了桌上的杯子，喝了口水，“不过床上的枕头就没有这么好运了，被林珑那一剪刀捅了个对穿，甚至大家还能听到剪刀头刺入床铺木板的声音。也就是说……也就是说那一剪刀真的扎到刘燕头上的话，那……不敢想。”

说完这些，这女人再次摇了摇头：“就是这么个事，也并没有贾兵说得那么恐怖。”

“还不恐怖吗？”贾兵一本正经，“一个十二三岁的小姑娘，在自己的东西被人抢走后，爆发出来的力量能够将一个体重远远高于自己的人按倒，并企图杀死。这还不够让人觉得害怕吗？”

他脸色一变：“反正不管够不够吓人，晓波你答应请的饭，都得请。也不枉我给这故事埋下的那么多伏笔，并成功勾起了你的兴趣。”他得意地笑了起来。

我点头：“就这么个故事，便要我请吃饭，真有点坑人。”

说这话的同时，我偷偷看了坐在我身旁的邵长歌一眼，他扭过头望向了窗外的萧瑟世界，那里，料峭寒风继续逞着凶。不知道是不是因为灯光的缘故，我捕捉到他的脸色，似乎有点苍白。

那个饭局里，邵长歌再没有说过一句话了，整个饭局的气氛压抑、无味。

. 5 .

一个多小时后，我俩再次坐回到我的车上，长歌才出声："晓波，谢谢你帮我找到了林珑的故人。"

我闷哼了一声，没多说话。因为我知道，之前我们所听到的故事，或许刺中了邵长歌意识深处的某个柔软伤口。作为好友，他不说，我也不该过多询问。

"晓波。"他将车窗按了下去，任微凉的秋风掠入车里，"刚才她所说的那盒磁带，是……是……"他声音越发小了，"是我借给她的。而且，那盒磁带里，有着我和她最喜欢的一首歌——《*Big Big World*》。"

"挺老的歌。"我有点笨拙地搭着话。因为我不知道自己应该如何安慰开解，我本就不知道他心底为什么悲伤。

"知道吗？晓波，我回来四十一天了。你也应该看出来了，我就是为了林珑才回来的。在美国的七年里，我无时无刻不在内疚与懊悔，当时为什么要离开这个城市？为什么要离开她？我觉得自己就是出卖了上帝的犹大，背叛了承诺的小人。可是，到我终于觉醒，终于回来，回来找她时，却发现我在七年前弄丢的她，如同在这个世界上消失了一般，了无踪影。而也是从这四十一个日子里的第一个夜晚开始，我耳边似乎会时常响起她哼唱过的这首 *Big Big World*，始终萦绕，不曾停顿。甚至，我可以感觉到，哼唱着这首歌儿的她，近在咫尺……"长歌抬手，在脸上抹了抹什么，"我把她弄丢了，我把我最爱的姑娘弄丢了。一度，我就是她的全部，我就是她的所有，我借给她的一盒在当日的我看来并不是多么贵重的磁带，在她世界里，弥足珍贵。可，我就那么离开了……”

他叹了口气，扭头看向窗外，似乎为了不让我看到他想要抹去的是什么。他并不知道，也是因为他的扭头，让我从后视镜里看到了他泪流满面。

“晓波，我只是想要知道她现在好不好。能否再次照顾她已变得不重要。重要的是，我想知道，我走后她一个人所走过的这七年的路，是否平坦，抑或艰难。如果……如果此时此刻的她，是安躺在一个如当日我一般深爱着、珍惜着她的人身旁，那，那我也只是想要知道，就满足了。”

“噢！我知道了。”我小声嘀咕着。半晌，我又补上了一句：“问题是，你所深爱与珍惜的她，以及曾经你所付出的爱，在目前看来，又真的坚固吗？你邵长歌用离开这座城市，来为你这么崇高的爱画上一个句点，难道又是一段佳话吗？”

长歌沉默，后视镜里的他报以苦笑。汽车在秋风依旧萧瑟的城市中穿行，大学城里有着那么那么多的男男女女，在浮华时日背后演绎着属于他们的情感故事。我想，长歌与林珑的故事，也不过是其中之一吧。

很快，我们就回到了学院路 8 号。邵长歌的小洋楼近在咫尺，紧挨着的现在已经用作精神病院的那栋老旧且庞大的建筑，有着些许的亮光从它本就不多的窗户扫出。

“晓波，以前公交车站就在这个位置。”长歌指了指他家门外的马路边，“实验中学的校车，那时也是在这里接我们上车。”

他将车窗完全摇下来，我也识趣地将车停在他所指的位置，迎合着他泛滥的情绪。

“我现在都还记得，第一次见她时的场景。那天同样是我中学时期的第一天。早早地，我坐上校车，接送的老师说，这里还有另一个学生。于是，校车特意等了她一会儿。接着，我看到车窗外，穿着白色校服的她，急急忙忙地从旁边的福利院里跑了出来。十二岁的她，美好得如同麋鹿，睁着大大的眼睛上车，对所有人说抱歉害大家久等了。接着，她走到了我身边，问我旁边的座位是否有人。得到我的答复后，她微笑坐下，对我伸出手说'你好，我叫林珑'。"

"她是美好无瑕的。"长歌幽幽说道，"从我第一次握上她手时，我就这么认为。"

"是吗？"我将手刹放下，和他一样，望向他目光驻足的曾经的车站位置。那里现在没有站牌，也没有雨棚，只有一条木质的长椅安放着。

"或许你意识深处所定义的她挺完美，所以，刚才我们所听到的故事里的林珑所展现出来的残暴一面，就被你在此时此刻，用回忆中的美好来覆盖与替代。实际上，这也是心理防御机制中对于本我所不愿意接受的现实的否定手段之一吧？"我缓缓说道。

长歌并没有扭头回来，我这话语，也似乎并没有激起他情绪湖面的水纹。他沉默了几秒，继而说道："晓波，就算我是在用否定机制来对自己进行暗示，又有什么不对呢？故事里的她捍卫的那一盒磁带，所诠释着的，只是对于当日尚小的她与小小的我之间友情的珍惜啊。"

我努了努嘴："长歌，我觉得我有必要再提醒你一个事。"

长歌"嗯"了一声。

"你所认为的，与她在十二岁那年的初次邂逅。或许，在她而言，可能不是初次的邂逅。从贾兵他媳妇所说的故事中，我们还捕捉到了这么一个信息。那就是……"我通过后视镜看了一眼头扭向一边的长歌的表情，还算平静。

“林珑很早以前就看到过你。而且，你可能在她的意识世界里，早就是一个如同图腾一般存在着的，象征着美好生活的儿童人设。在她跟着那群和她一样无助的孩子，搂着破烂棉絮到楼顶晒晒的时候，她肯定也和其他女孩一样，趴在栏杆边看着骑木马的你。甚至，我们还可以有这么一个推测——在她与你第一次相识的早晨，对她而言，却早就蕴含着属于幼小孩童的她的更深远意义——你代表着一个世界，一个有着木马摇晃，有着戴金丝边眼镜老者呵护的安全世界……”

“晓波。”他打断了我，并回过头来，“我有点累，想早点睡。”说完这话，他便拉开了车门下车，朝那栋小洋楼走去。

我讨了个没趣，同时也觉得自己似乎有点阴暗灰色。作为朋友我本应该开导他，但嘴贱，换回个这样的场景。

“喂！”我冲他喊道。

邵长歌回头。

“如果再打探到林珑的消息，得你请吃饭咯。”我冲他咧嘴笑。

长歌也笑了：“没问题。”

我们道别，我发动汽车，朝着前方开去。

到街角时，我如同之前长歌还坐在副驾驶位置时一般，朝着那边的后视镜习惯性瞟了一眼。

身后那路灯并不明亮的学院路上，似乎有一个夜跑者的身影一闪而过。我将车速放缓，扭头，发现那街道依旧冷清。

很奇怪，距离这学院路并不远的海城大学那边，在这个时刻还是热闹得很。而两条街外的这里，却始终冷清。

想到这儿，我瞟了一眼邵长歌家隔壁的那栋精神病院的楼房。那里，一度是没有亲人的孤儿们的家园。现在，变成了没有灵魂的人们的巢穴。

或许，精神病院本就散发着一种让人不愿意靠近的能量，从而导致这以前并没有冷清如此的学院路，变成当下这个模样。

我笑了笑，觉得自己也是想得挺多的。城市扩建，周边有着完善配置的住宅群，将这老城区里的居民吸引走了而已……

我自顾自地摇头，用手机搜索出了那首 *Big Big World*，并连接到车里的音响。接着，我转动方向盘，离开了学院路。视线前方，海城大学巍然而立。

我又闻到了那股子巨人观女尸的味道。

我皱了皱眉，将车提速了。

……

I'm a big big girl in a big big world.

It's not a big big thing if you leave me.

But I do do feel.

That I too too will miss you much.

Miss you much!

……

. 6 .

离开大学城，我并没有直接开车回家，而是开到了市局。每个夜晚，市局大楼里总有一两层，整宿都会亮着灯。刚进刑警队时，我也和同事们一样，没日没夜忙碌着。但之后，我在很多前辈们身上，看到了些许悲凉的痕迹。这些痕迹，造就了我对自己这个职业认同感的裂缝。而这裂缝，在这一两年里越来越宽，我也不想将之带拢了。

那么，这个深夜的我又是为什么开进市局大院的呢？我笑了，笑容或许有些苦涩。我也知道，这就是惯性。接案子了，就总是觉得有事情没有做完，需要在这里耗着。我摇了摇头，将车停好。

上去看看吧！没什么事再走。

不得不承认，任何时候，刑警队里都是有事情要忙活的。刚走出六楼的电梯，迎面就撞上了李俊和另外一个也是分到我们巨人观女尸案里的同事。那同事正皱着眉，一抬头看见我从电梯里钻出来，便连忙冲李俊喊道：“李队，晓波不是在吗？能不能让他过去啊。我今晚不写完那个报告，明天会被马指导员骂哭的。”

李俊翻白眼：“就你这三角眼的泪腺还能哭？你挤几滴眼泪出来给我见识见识？”

那同事连忙咧嘴笑，并对我说道：“晓波，巨人观女尸案里，有条线索需要人去跟下。就是找一老教授问几句话，你给过去一趟呗！”

我讪笑，没应。其实，我要辞职的事，队里基本上都知道了，有啥事也都没把我盘算进去。刑侦这活儿，一条线给跟上，就必须同一个人跟到底。所以，李俊他们不给我派活儿，也是这个原因。

李俊扭头看我：“晓波，要不你去趟也成。死者顾琴曾经找过海城大学心理救助中心的一个老教授聊过自己的心理问题，那老教授有点死板，说作为一个心理咨询师，最基本的职业操守，就是要给来访者保密。好了，想要他过来一趟吧，也不肯来。今晚，十二点的晚班机，老教授要飞南京去参加个什么研讨会。我们磨来磨去，总算答应了让我们送他去机场，路上的那大半个小时，可以就顾琴的事，给聊上一点。”

“为什么坐这么晚的飞机呢？”我质疑道。

李俊笑了：“海城大学的八个字校训里，头一个字就是俭。你瞅瞅他们学校的老师，胖子都没几个，就可以估摸出学校领导有多么抠门。晚班机便宜啊，能省点，他们就想省点下来。”

我也笑了，冲他俩点点头，要了那老教授的地址以及电话号码转身下了楼。

老教授姓陈，他并没有住在学校，而是住在老城区的一栋旧楼房里。我径直开到他说的楼下打电话给他，老教授要我稍等。于是，我将车停好，下车点上烟，左右看着。

才九点不到，附近的很多街铺都关了，曾经一度繁华的老城萧条下来。很多，曾经是我们孩童时候时常光顾的老店，也都在年轮碾轧过后的日子里，落下了帷幕。这时，我想起市局分给我的储物柜的钥匙，似乎只剩下一片了。之后如果要办理离职，可得把最初上头发的那两片一起交回去的，缺一不可。外人可能觉得有点迂腐可笑，但在体制内的，又必须按着程序执行。

想到这儿，我转身，朝着街道另一边走去。我记得附近有一个锁匠铺的。在我还是个孩子时就开在这里。可转了个圈，也没找到那个锁匠铺。对面有一家卖炒货的铺子正在打烊，我便上前询问道：“你好，麻烦问下这附近有过的一个配钥匙的店，是不是关门了？”

铺子门口，正拨弄卷闸门的是一个矮矮的中年妇女。她扭头，眉目间都是老城区里那些街坊邻居的憨厚神色：“你说的是老姚家那锁匠铺吧？”

我自然不知道那锁匠是姓甚名谁，但还是笑着点头。

中年妇女探头，朝着不远处的一个紧闭着的木门指了下：“关了一两年了，老姚养的那个儿子是个白眼狼，不肯接老姚的班。老姚自己身体也不怎么样，便没继续开这锁匠铺了，前些天我遇到他还问了问他那白眼狼儿子现在去哪儿了。老姚一身酒味，没好气地说那白眼狼被他给弄死扔海城河里喂王八了。”

说到这儿，她又看了我一眼，咧嘴笑：“老姚说着玩的，再说凭他那么个酒鬼的力气，能弄得过谁呢？”

“哦。”我点头，正要转身往回走，冷不丁那女人在我身后自顾自嘀咕了一句：“所以说啊，这别人家抱来的孩子，总是养不熟的。”

“他的儿子不是亲生的？”我对在晚饭时听说的那段关于孤儿院的故事还有印象，不自觉地回过头问道。

“一老光棍，不靠收养，难道还自己孵个蛋造个娃出来啊？”女人边说边搬出个凳子踩上去，抬手去拉扯卷闸门。

我忙上前，帮她把卷闸门把手往下拉：“也不是这么说，年代变了。就算是他亲生的儿子，也不一定愿意将一辈子耗在配钥匙这种传统行业里呢，总也想要更好的发展吧？”

“能有多好呢？锁匠不干，跑去海城大学当个水电工。不受约束地做点小生意不行，非得去给人吆喝来吆喝去才舒坦。”女人抓起钥匙，将被我合拢的卷闸门锁上。

“海城大学当水电工？”我皱眉了，之前女人也说了那老锁匠姓姚，于是，我试探性地问道，“你说的这锁匠的儿子是不是叫姚沫啊？”

“你怎么知道？”女人抬头看了我一眼，“嗯，你们认识也不稀罕，年纪都差不多，海城也就这么点大。”

“哦！”我点了点头，“也不算认识，正好今天见过这人。”

“你不是要配钥匙吗？你回头去找他不就成了。老姚的手艺他倒是学得不错，小时候那些揍没有白挨，开锁、配钥匙这些都还行。”女人站了起来，“谢谢你了，想要买炒货啥的，明天早点过来，大姐给你弄点好的。”说完这话，她转身朝着路边锁着的电单车走去。

姚沫？那个有点奇怪的男人，是一位老锁匠的养子？

我朝着之前大姐所指的曾经是锁匠的那个铺面看了几眼。就在这时，那扇紧闭的门，正被人从里面拉开，一个佝偻的身影正往外迈步子。

我快步上前，故意问道：“请问，你这里还给配钥匙吗？”

是一个头发花白的男人，肤色还算白净，说明并不是太大年岁，白发让他有点显老而已。他抬头看我一眼：“不配了，不配了。”说话间，嘴里的酒气与口臭一起朝我袭来。

我却故意补了句：“你是姚沫的爸爸吧？我和你儿子同校。”

男人白了我一眼：“关我什么事？嘿，他现在还用着我这个姓吗？他那么能耐，怎么不用回他亲爹的姓呢？”

“哦，他亲爹？姓什么？”我再次问道。

男人歪头，认真看了看我：“你去给那兔崽子说，早点用回他自己的名字，叫回景放。”说完这话，他干咳了一声，冲地上吐了口唾沫，“狗崽子，白眼狼。”说完这话，他合拢门，朝着马路一头走去。

景放……我在今天下午看到的那个站在邵长歌身旁的奇怪男人姚沫，他的本名叫作景放？

这时，我的手机响起来了，一看来电，是那位老教授。我连忙回头，瞅见不远处的马路边，一位穿着白衬衣拉着拉杆箱的老者正举着手机。

“嘿！陈老，我在这里。”我快步奔了过去，并接过了他手里的行李，“我就是刚给你打电话的刑警队夏晓波，你叫我小夏就是了。”

老教授点头：“辛苦你了。”说完跟着我朝我的车走去。

第三章

用七年远离这里，再走进你的世界

他能为 102 名女教师做一场大型的心理干预，但他无法穿越到过去，为那个被不平等对待的小女孩做出哪怕一丝的努力。触摸到那张铁质课桌上隐秘的刻字，邵长歌的笑容凝固了。

抑郁情绪（Depression），一种负面情绪。它与抑郁症最大的区别在于，抑郁情绪只是事出有因，基于一定的客观事件而产生。而抑郁症，病理情绪的抑郁，是无缘由产生，缺乏客观精神应激条件。嗯，就算某些病患自己所说的不良特征，很多也只是小题大做，不足以真正定义为病理性抑郁。

. 7 .

实际上，老教授并没有像李俊所说的那样排斥自己曾经为顾琴做心理咨询的话题。甚至，他还很主动，自己率先开口，将话题转到了顾琴身上。

“知道吗？其实顾琴不能算是抑郁症。”老教授坐在副驾驶上，手里把玩着一个做工很粗糙的烟斗。

我微笑着搭话：“可她的亲朋好友都说她不断释放着各种情绪低落的信号。”

“那算啥呢？我老伴在三十年前就说跟着我生活在一起，每天都是煎熬，到现在还不是一样给我洗衣做饭。”教授笑得很得意，“知道抑郁情绪吗？”

“嗯，心理学我也懂一点。抑郁情绪（Depression），一种负面情绪。它与抑郁症最大的区别在于，抑郁情绪只是事出有因，基于一定的客观事件而产生。而抑郁症，病理情绪的抑郁，是无缘由产生，缺乏客观精神应激条件。嗯……就算某些病患自己所说的不良特征，很多也只是小题大做，不足以真正定义为病理性抑郁。”我这么解释着，声音不大，毕竟身边坐着的是老学究，我害怕说错什么落笑话。

老教授点头：“顾琴是单亲家庭长大的孩子，父爱的缺失导致她一直都有着一种莫名其妙的危机感，害怕身边人对自己失望。或者也可以说，她存在感很缺失，总觉得自己与周遭世界无法融合，并因此放大周遭人们的一些细微举动，将之归纳为对方对自己的厌恶。”

“她有没有家族精神病史呢？”我皱起了眉。

“没有。”老教授顿了顿，“夏警官，我知道你是在怀疑顾琴是否有轻微的类似于被害妄想症一般的心理障碍。因为被害妄想症患者的早期，也只是疑神疑鬼，担忧别人在背后指指点点什么。”

“嗯。”我应着，但并没有再吱声。

“这些年，我也遇到过很多和她类似的来访者。必须指出一点，当下这个时代，因为有了互联网，人与人的距离看似近了，但实际上又远了很多。人与人的疏离感，较之三十年以前拉远了很多。甚至有时候包括我自己都在想，我又有多久没见过住在我隔壁的老头了。所以，将来访者轻而易举地定义为各种心理障碍还是有点武断。很多时候，她们只是孤独而已。我也始终相信，大部分来访者，都是能够通过我们的疏导，将那些负面情绪一一化解的。”

“但是……”我忍不住插了一句，“但是事实证明了，顾琴的负面的抑郁情绪似乎并没有因为心理干预而得到疏导啊。”

老教授摇了摇头：“实际上，我并不相信顾琴是自杀的。我的职业是一名老师，但与顾琴接触时，我又是一名心理咨询师。我作为心理咨询师的职业操守，令我无法给你说更多的关于她有过的心路历程……”老教授犹豫了一下，“夏警官，这么说吧。我之所以不相信她会自杀，还有一个重要理由是，她有爱。而且，她的这份对于爱的需求，是有着很大可能得到满足的。”

“你的意思是她有男朋友？”我记得之前的案卷里，并没有写顾琴有男友。难道，老教授还知道一些我们所不知晓的？

“暂时还没有。”老教授答道，“她喜欢上了学校里一位新来的年轻讲师。况且，对方也并不排斥与她交往。甚至……”老教授笑了，“甚至我还觉得，她俩挺般配的。顾琴个头高挑，长得也好看。那年轻讲师形象、气质俱佳，还和顾琴一样，也是个回来不久的海归。”

“海归？”我愣了，“老教授，你说的这位年轻讲师叫什么？”

“姓邵，邵长歌。海大老校长邵树人的孙子。”老教授回答道。

“哦。”我点头。长歌并没有和我说自己与顾琴有着太多交往，甚至在我问起后，他也只是一带而过。我犹豫了一会儿，寻思着接下来要问几句什么。

可这时，老教授却又自顾自地说道：“邵长歌这孩子很不错，刚从美国回来。他在实用心理学领域里的那几篇论文我都看过，写得很好。况且，他对于催眠手法的临床应用经验丰富。我们海大的心理救助中心，由他这种年轻学者来当主任，也算是学校之福。这……也是我为什么建议顾琴去接受邵长歌的催眠治疗的原因。顾琴，更多的需要是对自己自信心的恢复，催眠治疗的强效心理暗示，能够很好地帮到她。”

“等等……”我打断了他，“你是说顾琴找过邵长歌做心理咨询，咨询过程中，邵长歌还用了催眠治疗？”

“是。”老教授应着，“夏警官，你和邵老师是不是认识啊？我瞅着你在听我说起了他以后，很关心似的。”

我犹豫了一下，最终点头：“他和我是高中同学，很好的朋友。”

“得得得！我又犯毛病了。”老教授忙不迭说道，“还好我没说邵老师啥是非事儿。”

我笑了：“陈老，这一会和你聊天的我，是市局的刑警夏晓波而已。就像你之前说的，你作为心理咨询师，就必须遵守心理咨询师的职业操守。同样，我作为刑警，也有着我们自己的纪律与讲究。”

“那是，那是。”老教授嘴上这么答着，抬手看了看表，“也差不多到机场了，我该说的不该说的，也都说了。希望你们早日破案。”

至此，关于顾琴的话题收住了。

送完陈老，回来的路上我给李大队打了个电话，说收获不多，但勉强算摸到了一条藤，能往下摸一摸。李大队问：“摸到了什么线索？”

我答道：“顾琴接受过催眠治疗。”

“催眠？”李俊在话筒另一头很认真地说道，“我听我一个姓沈的同学说过，催眠治疗很厉害的，能够驱使人做一些她们自己本意不愿意去做的事情。”

“没那么神奇。”我笑了。

李俊的笑声也传了过来：“玩笑的。不过晓波啊，这条线你给跟跟呗。”

“嗯！”我应道。

“其实……”李俊声音放低了，“其实你真能成为一个好刑警的。”

我的笑容也在脸上僵住了，正不知如何接话。李俊似乎也感觉到了我的尴尬，在话筒那头又补了句：“得！你看我。说着玩的，实际上，又有哪个合格的刑警会像你一样，这么感性呢？”说完这话，他收了线。

我莫名难受起来，将车停到了机场环线的路边。下车，驻足，点上了一支烟。那烟头的星火闪过，烟雾随之吐向了这个世界。

这时，一架飞机升空了，漆黑夜色中，它奋勇向前。

我，一度想要捍卫的这个世界，始终有着黑白与是非在其间纠缠博弈。很多同龄人站在这万丈红尘面前，看啊看啊，所见尽是霓虹与闪烁，而我呢？

我和我的一干同袍一样，觅到的，都是罪恶。

我苦笑了，拿出手机，打给了戴琳。

“睡了吗？”我问道。

“在看书，正有点犯困。”她在那头应着。

“嗯，我现在过来。”

“啊！”她的声音低沉，带着一丝沙哑很好听。这，也是我迷恋她这么久的原因。

“改天吧？今晚果果和我睡在一起。”她略带抱歉地回答着，又毫不犹豫地挂线了。

戴琳是个神经外科大夫，单亲妈妈。我从没有问过她与她的女儿所有过的那个男人的一切，也正如她从来不过问在她看不到的世界里，我又是否有着谈婚论嫁的女孩一样。老教授说得很对，这个时代，我们以为都很亲密的亲密，实际上那么陌生。

我将烟头掐灭，再次苦笑了。其实，相比较长歌当下找不到林珑的那种遥远而言，我所面对的这种陌生，又算得了什么呢？

他们所经历的，叫作生离。甚至……

我有一种不好的预感。

甚至会是死别。

. 8 .

心理学是一门比较年轻的科学，最初萌芽于哲学，属于哲学下的一个分支。之后独立出来，成为一门单独的学科。当然，我们所知的商业、经济、政治等，都是来自哲学下的某个知识体系的开枝散叶。只是，心理学来得比较晚罢了。

我所熟悉的犯罪心理学，又是心理学里司法心理学下面的一个分支。而司法心理学，又属于司法科学中的一门学科。司法科学（forensic science），是对与法律主题与案例相关的问题事件，以及事实的科学研究，包括司法工程学、司法语言学、司法病理学、司法精神病学、司法医学和司法心理学等。

广义的司法心理学（forensic psychology），指把心理学知识和研究成果广泛应用到民事和刑事司法系统中。也就是说，司法心理学其实是一门应用心理学。

而邵长歌，正是一名应用心理学学者。

第二天上午，我给长歌打电话。我并没有说自己想要与他聊聊关于他对顾琴进行过催眠治疗的事，相反，我只是和他随意闲聊了几句，提出今天没什么事，想和他一起吃午饭。

长歌有点抱歉："恐怕不行，我刚接到个活儿，今晚有一场大型的心理干预。下午可能要做点功课才行。"

"大型的心理干预？"我的职业习惯，促使我追问。

"是的，心理干预。"长歌顿了顿，"比较紧迫，校方今早刚定下来的。本来，想邀请苏门大学的陈蓦然教授与他一位姓乐的女助手过来的。但他俩今天有事，要明天才能赶到。所以，校方才让我上。”

“很急？我听说过陈蓦然教授，之前也听过他的大课，是要做一次什么样的干预呢？”

“顾琴自杀事件的。”长歌的回答让我一愣，“她的死，校方处理得很好，没有在学校里扩散开来。但住在那一栋女教师宿舍楼的教师们，这两天普遍出现了惊吓而导致的紧张与害怕。校方统计了一下，之前住过那一栋宿舍楼的女教师，一共有102位。而这两天里，有噩梦的人数……”长歌停顿了一下，“有噩梦的人数，也是102位。”

“哦。”我应着，并敏锐地察觉到，在这102位有噩梦的女教师中，一定有着某些我们警方目前所不知道的关于顾琴案的线索。

我语调依旧平常地说道：“我今天也没啥事，在局里是个大闲人。今晚有这么个热闹看，正好可以过去瞅瞅，见识下从美国留学归来的你，在心理学上，现在到底有着什么样的能耐了。”

“随便你吧，活动是在晚上七点开始。或者……”长歌似乎还有着什么心事，“或者你现在过来也成，陪我去一趟海城五小。”

“海城五小？”我记得海城五小距离海城大学并不远，也就是说，距离邵长歌的家并不远。

长歌：“嗯，我约了个人，你和我一起过去和他聊聊。”

一个多小时后，我在海城大学门口接上了长歌，往海城五小开去。他又按开了副驾驶那边的车窗，扭头望向窗外。我有种感觉，觉得他好像故意用这个扭头的方法，拉开我与他的距离。

“对方是五小的一位姓赵的老教师，当年教过林珑。”侧着脸的他这么说道，“也是因为你昨晚对我说的那段话，令我想要走进林珑的世界看一看。碰巧这位赵老师的丈夫，是我们海大的一位同事。”

“是我哪几句话让你琢磨出了什么？”我微笑着问道。

“你说，或许林珑在与我结识以前的日子里就早已认识我。”邵长歌扭过脸来，“这一推断，我并不认可，毕竟那时的她，还只是个孩子，能有多少心思呢？不过，在目前找不到她其他线索的情况下，去触摸下她童年时候的地方，或许也能令我舒坦一点。”

“哦！”我耸肩，长歌的扭脸，令我颇感欣慰，最起码证明了他并不是想要与我拉开距离。于是，我故意按开了音响，放起了那一首 *Big Big World*。那略带无奈的声音，开始在车厢里哼唱开来。

我有种恶作剧的兴奋，继续笑着说道：“我昨晚试了试，整宿耳边都是这首歌萦绕的话，挺崩溃的。”

他并没有配合我的玩笑，相反，他再次扭过头，望向了车窗外。从后视镜里我所看到的他的脸，表情再次肃穆。

我讨了个没趣，将音量调小。

他变了，这次回来后的他比以前忧郁了很多。

五小不远，就在大学城附近，或者也应该说，在林珑曾经住过的孤儿院附近。我将车停在学校对面的马路上，和长歌一起下车。之前几分钟长歌也打了电话给那位姓赵的老师，所以，我们刚走到学校门口，就瞅见了一位头发花白的老者迎面而来。

“你就是邵教授吧？”对方并没有认准人，径直对我这么说道。

我笑了，指了指身旁的长歌：“他才是。”

老者有点尴尬，握上邵长歌的手：“之前我家那老太婆给我说过，你将会是海大历史上最年轻、帅气的教授。我也没当多大回事。今儿个一见，还真是人中龙凤、天之骄子。”

长歌也连忙客套道：“赵老师太抬爱了，也还只是申报了个副教授而已，刚跨过门槛罢了。”

赵老师哈哈大笑，转身在传达室知会了一声，便领着我们进学校了。

“老师，您爱人和你说了我来的目的吧？”长歌跟在赵老师身后小声问道。

“说过，说过。我也住在海大里面，本来想着可以晚上回去后，再找时间和你聊聊林珑这孩子的事。我爱人说，你主要是想在五小里林珑待过的地方看看……”说到这里，他扭过头来看了长歌和我一眼，“其实，也没啥好看的，五小这么个小地方，林珑那时候也只是个小孩子而已，能捕捉到啥呢？”

我插上了一句：“老师在这教了多少年书了呢？”

“三十多年了吧。”这位年迈的老师耸了耸肩，“没啥本事，知青下放回来后，就一直在这里。也不太会说话，所以一直都没有转岗做个小领导。”

“可刚才听您说起林珑的话语，感觉你对她印象比较深刻。按理说，三十几年的教学生涯里，来来去去也教过几千个学生了，为什么对十几年前的这么个学生，还能够随口提来呢？”我说这话时，尽量保持着微笑，怕自己这种习惯性的问话方式，令对方不适。

赵老师摇头，继而苦笑：“我这也不知道是好习惯呢，还是坏毛病？唉！我比较感性，对自己人生中的每一个路过者，都念念不忘。总觉得人与人相识相遇，是莫大的缘分。况且，为人师者，有幸教他们一程，在他们的人生里，与我这语文老师的六年，肯定是毕生铭记的。对于我来说，也不应该相忘才对。”

他一边说着，一边领着我们往旁边的一栋四层教学楼走去。他上楼梯时的身影有点佝偻，抬起的双腿并不矫健。

“我马上要退休了，这几年明显感觉记忆力比不上以前了。所以，我会时不时拿出当年与那些孩子的毕业合影，一个一个地琢磨他们，一个一个地回忆他们。这其中啊，自然也包括林珑。”赵老师顿了顿，“况且，她在五小所遭遇的事，本也是在我们五小老师中，背地里有着不少说法的。”

“哦？”长歌接话，“您的意思是，小学时期的林珑，在学校有过一些令人记忆深刻的表现？”

“不是她。”赵老师摇头，“唉。”

叹完气后的他，加快了步子。我注意到，楼梯上方，有两三个也应该是老师的人往下走。于是，我和长歌配合着赵老师的沉默。或许，他不希望外人知道他在说学校里的事。

. 9 .

很快，我们就到了四楼。但赵老师并没有停步，反而是推开了通往天台的门。我和邵长歌对视了一眼，有点莫名其妙，最后还是跟了上去。

天台很大，但似乎又不应该说大。因为在本应该宽阔的大平台的另一头，有着一个简易结构的铁皮顶大房子，敞开的门后，是堆得不算整齐的旧课桌、椅子等。

“学校不大，这几年教育局那边老是说要建新教学楼，但经费紧张，所以学校里最高的，依旧只是这栋四层的楼。站在这里，就可以看清楚这寒酸学校的每一个角落。”赵老师站到了天台的栏杆边，指着下面的操场与另外几栋两三层高的楼说道。

“有点冒昧。”长歌微笑着打断了赵老师的话，径直说道：“您刚才说起林珑时，提到还有另一个人，才令你对林珑记忆深刻。我很想知道，那个人是谁？这一切背后，又有着一个什么样的故事？”

“哦！你看我，说半截留半截。”赵老师笑了，“我说的那人是我的一位老搭档——顾红丽老师。她是林珑的班主任，教数学的。很好的一个人，就是做什么事，都有点死脑筋。早几年已经离开人世了，大肠癌。临死前那几年，也没少受罪。”

“嗯！”长歌点头，继续微笑着望向头发花白的赵老师，等着他继续说下去。

“顾老师吧，并不是一个有坏心眼的人。但是呢，因为她年轻时候当过红卫兵，被血统论给洗过脑。所以，她看学生，总喜欢分个三六九等。父母辈是事业单位的，在她看来，子女就会是天生的好孩子。父母辈是干个体户的，在她，就总觉得之后不会成为大人物。而与她搭档教书的那一二十年里，她最反感的学生，就是林珑了。”

长歌插话：“是不是因为林珑是孤儿，所以这位顾老师才反感她？”

赵老师摇头：“那倒不是。林珑最早到我们学校来时，顾老师瞅着她没有爹娘，对她还特别照顾。就后来，好像过了半学期还是一学期吧，就突然变了。按理说，林珑话也不多，模样俊，成绩也不错，每个老师都应该喜欢才对。但顾老师就不，林珑在学校的六年，顾老师就安排她坐了六年扫把位。”

“扫把位？”我有点不明白。

“嘿！就是教室最后面的角落里放扫把的位置，也就是教室里最后一排的最后一个。而且……”赵老师说到这里顿住了，他咬了下嘴唇，似乎咽下了后半句。

“老师，有什么你说就是了。我们只是想听听林珑过去的事，不会对外人说的。”长歌看懂了赵老师的心思，轻声说道。

赵老师再次叹气：“唉，当时那几年，也并没有觉得小姑娘有多惨。寻思着不就是得到老师的照顾少了些而已，到现在回想……”

他扭过了头来，咬了咬牙：“林珑坐的那个课桌，是顾红丽指定的。从林珑入学开始，一直到她毕业离开，都没换过。那六年，每一年秋天开学，升级了的孩子们，都要换到新的教室去。其他孩子只是背着书包过去就行了。但林珑不是，她还要搬着她的课桌。”

“那栋楼的一楼，是一年级。二年级的教室是我们现在站的这栋的一楼。接着，又要到这栋的二楼、三楼、四楼。五、六年级教室是在校门口那栋的二楼、三楼……”赵老师如是说道。

“也就是说，那么小，那么小的一个小姑娘，需要搬着她的课桌，从那一栋到这一栋，从一楼到四楼？”邵长歌脸色有点变了，他望向了这整个校园，缓缓问道。

“是的。”赵老师应着。

“你们就没问问这位姓顾的老师，为什么要这样做呢？”我开口问道。

赵老师说：“问过，但顾红丽不回答。有一次有位校领导知道了这事，专程找她谈话。顾老师倔强，反正啥也不说。到最后逼急了，扔了一句‘总之我是为了其他学生好’。”

“为了其他学生好？”邵长歌重复着这句话，摇了摇头，“她这种人，也配说自己是个老师吗？”

“邵教授，你也真不能这么说她。”赵老师又叹气，“她是个好人，真的是个好人。只是有些事比较极端而已。咦，对了，林珑以总分全校第一的成绩离开我们五小以后，她的那张课桌被顾老师强烈要求扔掉。但我记得当时也没有真的扔掉，而是被搬进了杂物间。去年学校整理破烂家什时，又把一些并没有被损坏的课桌都放到了这里。按理说，林珑当年用了六年的课桌，也应该在这个铁棚里。”他一边说着，一边朝着天台另一边的那个铁皮顶的简易房走去。

长歌愣了一下，紧接着快步上前：“能找到吗？赵老师，我和我朋友可以自己找，如果你们允许的话。并且，不管能不能找到，我们最后都会把一切按照本来的模样摆放回去的。”

“没问题啊。”赵老师推开了铁棚的门，“应该很容易找到。十几年前的课桌都是铁架木板台面的，后来铁架的课桌被淘汰后，统一运走了。她的那个因为是放在杂物间，所以和后来报废的木制课桌在一起。你们进去专找铁架课桌就是了，应该只有那一个才对。”

他话音一落，长歌便第一时间走了进去。我跟在他身后，迎面而至的是陈年木器那股子并不是很难闻的霉味。课桌很多，歪歪斜斜的码放着。我与长歌在其间穿梭着，很快，角落里一个有着锈迹的铁架课桌被我们找到了。赵老师过来看了看，说：“应该就是了。”

于是，我和长歌在码成堆的课桌上跳来跳去，挪开外面的，又搬动上面的，如挖掘宝藏一般，朝着那张铁架课桌行进。十几分钟后，课桌被我们抬出了它沉寂了许多年的角落。

“长歌，这玩意儿还真不轻。”我对身旁表情肃穆的他说道。

“嗯！”他点头，接着努力冲我挤出了一丝苦笑，“真不敢想象，当时的林珑是怎么搬得动的。”

说完这话后，他的手在课桌上摸索了几下，最后坐了进去。他有一米八出头，钻进这单人课桌里的模样有点滑稽。接着，他左右看了看，把手伸到课桌的抽屉底部，将之抬起。然后，他挪动着步子，往前小心翼翼地移动了几米。

他那挤出的笑容凝固了。

他放下课桌，走出，站到旁边。我知道，他正在揣摩着当日那幼小的林珑，是如何用着如他所用的愚笨的办法，搬着这张沉重的课桌缓缓行动的。

我不知道此时此刻的他心里是否酸楚，在我这么个外人的脑海中，也都为着那么个幼小的孩童，所经历过的这一场而于心不忍。我扭头，望向栏杆外的小学操场。依稀间，仿佛看到了一个瘦弱矮小的孩子，面无表情地站在沉重铁质课桌里，用力向上端着，吃力行进。况且，她还是一个孤儿，无依无靠，也没有人心疼，没人爱护。依稀间，她身边有着更多孩子出现了，那些孩子背着书包，排着整齐的队伍，在一个女老师带领下，兴高采烈朝着新教室走去。而只有她，落在最后，继续努力地迈着因为被课桌拖累的碎步子，默默向前。

“她应该摔倒过……”长歌的声音在我耳边响起。我扭头，只见他的手在课桌上游走，最终停留在桌角磕碰的痕迹上。

“长歌，那只是很久很久以前的一段事而已。”我觉得我需要将长歌拉回来了。

“我知道。”他又苦笑了，他在用苦笑来对我说明自己并不是那么的难过，“晓波，我只是觉得，或许，我所以为的，十二岁那年就早早地认识了她，并呵护了她七年，是很早，也是很及时的。今天，我才知道，我所以为的及时，其实并不是。孤苦伶仃的她，在我没有走入她的世界之前，还有着更多的被她隐忍深埋的故事。”

“长歌，我有点饿了。要不，我们去吃点东西吧。”我抬手看表，故意说道。

他点头，但并没有真要离开的样子。他抬起了课桌上那块木板，望向了课桌里面。紧接着，他突然指着里面对我说道：“晓波，这里有字。”

我愣了一下，迈步上前。赵老师却还是站在一旁，小声嘀咕了一句：“小学语文里有个课文，说鲁迅在自己的课桌上刻了个‘早’字。所以啊，全国的小学生的课桌上，差不多都被熊孩子们刻了字。嗯，这不稀奇。”

“不是个‘早’字。”长歌小声说道。紧接着，我和他都微微蹲了下来，凑近。

那是一行被刻得非常深，之后又用墨水涂过的字。

用七年远离这里，再走进你的世界。

第四章

最大的迷宫，就是人类的世界

犯罪的根源，在于幻想和现实的界限被打破。七年前的三起开颅人屠案会和那个林珑的失踪有关吗？从警，一度是夏晓波的信仰，但这一信仰现在摇摇欲坠，接近崩塌。

心理学家爱德华·托尔曼通过老鼠走迷宫的实验，来检测强化在学习中所起的作用到底有多大。他比较了三组老鼠。第一组老鼠钻出迷宫后，能够马上得到食物。而第二组和第三组老鼠，会在走出迷宫后的第二天与第六天才得到奖励。最终结果证实了得到奖励后的老鼠，对于迷宫的探索所犯的错误，会比得到奖励前少很多。于是托尔曼认为：我们在日复一日地勾画这一上帝创造的迷宫的认知地图，但我们可能并不会意识到这一点，直到我们路过一个个让自己感觉似曾相识的街口。

·10·

那么，在儿童时期的林珑，她所建立起来的认知地图里，又究竟有着一些什么呢？操场？教学楼？以及搬着那张沉重课桌穿梭于小学校园中的每一步履？

托尔曼说："最大的迷宫，就是人类的世界。"

或许，在那个不谙世事的小女孩眼里，迷宫还很寒冷。

邵长歌想要带走那一张课桌，但赵老师说不符合程序。最终，赵老师答应长歌，会去找校务处买下这张本已废弃的课桌，再通知长歌过来拿。

长歌的心情自然坏到极点。我们将车开到他家那栋小楼的院子里，他便连忙冲我抱歉地说："我先上去为晚上的心理干预做些功课，你在一楼休息一会儿吧。"

我寻思着也没什么地方去，距离晚上那场很有必要参加的心理干预还有好几个小时。于是，决定采纳长歌的安排，在院子里坐坐，抽几根烟。哪知道我刚把院子里那把藤椅拖到一个相对来说比较阴凉的位置时，手机却响了。

是局里打过来的。我按下接听键，那边是巨人观女尸案专案组里的另外一位同事。

“晓波，晚上回来开会。”他开门见山地说道。

“哦。几点？”

“十一点。”

我有点蒙：“为什么那么晚开会呢？很紧急吗？”

“确实很紧急。”那位同事顿了顿，“晓波，女尸的头部有外伤。而且……而且……”他欲言又止。

“而且怎么了？”我追问道。

对方沉默了几秒：“晓波，你应该不知道开颅人屠案吧？”

“开颅人屠？”我越发迷糊了。

“七年前，我们海城市发生过三起连环杀人案，死者都是被凶残虐杀。致命伤……致命伤也都是在同一位置——右侧太阳穴上方。得了，我也懒得给你说了，你晚上回来开会时，会有报告给你。”他说完这话，径自挂了线。

开颅人屠案？七年前？

我手里那压根还没点上的香烟，被我放到了一旁的茶几上。我站起，寻思着要不就不等晚上了，现在直接回局里去得了。

电话再次响起了，这次是李俊打过来的。

“晓波，刚才局里通知你晚上开会没有？”

我应了：“有通知。”

“哦！”李俊继续道，“晓波，如果你不想的话，晚上你可以不……”

“李队。”我打断了他，因为我猜出他要说什么，“晚上我会按时参加会议的。并且，我现在就在大学城这边，今晚七点半，海城大学里有一次针对顾琴同宿舍楼女教师们的心理干预。或许，我在干预现场还能够收集到一些对案件有帮助的线索。”

李俊似乎没有想到我会这么回答，他在话筒那头愣了一会儿，最终笑了：“嘿，看来要将我们晓波的积极性调动起来，也并不是那么难。”

“李队，有个事我倒是不太明白。”我插话道，“为什么要晚上十一点开会呢？”

“因为尸检还在进行中，估计要到晚上九至十点才能出报告。杨琦和她师父现在在给女尸的头部开颅，以进一步确认需不需要和七年前的一起连环杀人案并案。”李俊答道。

“你说的七年前的连环杀人案，就是那起开颅人屠案吗？”

“你怎么知道的？”李俊反问。

我笑了：“之前他们给我打电话提了下。”

“对，就是那个案子，晚上再说吧，毕竟现在还不能确定。”说完这话，他收了线。

本已站起的我，再次坐了下来。我拿出打火机，将香烟点上……这两个电话里，都说起了发生在七年前的凶杀案，而七年前，又正好是邵长歌出国与林珑失踪的那一年。这几件事之间，会有着什么联系吗？

我琢磨了一会儿，最终笑了。职业病吧……总是会把一些完全没有关联的事情，联系到一起进行思考。七年前的这座城市里，还发生了很多很多的事情，也有着很多很多的人，在那一年里离开这个城市，又来到这个城市。

我将烟雾吐出，看着它们弥漫、纠缠、乱舞，最终消散。它们看似无章，却又丝丝缕缕纠缠在一起，正如那并不遥远但又确实已经过去了七年的日子里曾经的零星往事。

我猛地想起一个人来，我刚入警队时带过我一段时间的刑警老丁。去年年初退休后，他搬到了大学城附近女儿家住。不出意外的话，我可以从他嘴里问出这开颅人屠案来。想到这里，我看了下表，时间还早。于是，我给老丁打了个电话，老丁一听我要去找他唠唠嗑，很激动，并告诉了我他女儿家的门牌号。接着，我又给邵长歌发了个信息，说自己出去办点事，晚饭时候再回来。

我走出了小院，发动了汽车。这时，我又一次捕捉到身后有一双眼睛正在死死盯着我的奇怪感觉。我望向后视镜，身后的街道依旧冷清。

我索性钻出了汽车，转身往后瞧，还是一无所获。这时，我的目光再次被那栋精神病院的楼房吸引住了。据说它在20世纪40年代落成时，海城大学都还不存在。它灰色的外墙上，似乎布满了一层岁月为它叠加上去的质感。

“呀！”极其突兀且声嘶力竭的一声惨叫，在这灰色的楼房深处猛然响起，最终又以奇怪的唱腔收尾了。我不由自主朝前跨出一步，但紧接着意识到，那或许只是某位精神病患者的狂躁正在宣泄。我耸了耸肩，上车，将车朝着街道前方开去。

快拐弯的时候，我发现迎面开来的那台白色小车有点眼熟。紧接着我看到了一张熟悉的脸，想不到，我竟然会在这儿遇到她。

迎面而来的车上，是长相清秀又始终不着粉黛的戴琳。她也看到了我，和我一样，她愣了一下。

我们的车擦肩而过。

我的电话响了，是她打来的。

“你怎么也在大学城呢？”她问道。

“查一个案子。”我应着，“你呢？怎么不在医院？”

“哦，去精神病院出个诊。”戴琳答完这句后，沉默了。而电话这头的我，也和她一样，不知道接下来应该说些什么了。不得不承认，我与她的关系，似乎病态到除了某些夜晚会在一起外，就无法在正常社交时多说上几句话。

几秒后，她说：“那，那没事我就挂了。”

“好吧！”我也有些尴尬。

“你晚上过来吗？”她突然这么问道。

“晚上有个会，开完后可能会很晚。”我照实回答。

“那我等你就是了。”说完这话，她挂了线。

来自听筒那一头属于戴琳散发出来的浓浓孤独，片刻之间就弥漫于整个车厢。我放缓了车速，按开了音响。

I'm a big big girl in a big big world.

It's not a big big thing if you leave me.

But I do do feel.

That I too too will miss you much.

Miss you much!

不得不承认，在这个看似热闹且繁华的城市中，每个人都过得很孤独。

· 11 ·

规律，自然界与社会诸现象之间必然、本质、稳定且会反复出现的关系。各行业的人，倾尽一生都在探索各自行业的规律。但有一个职业，并不只是探索自己行业中的规律。相反，他们探究得更多的，是对手的行事规律。

这个职业，叫作警察。他们探寻犯罪分子犯罪规律的过程，就是侦查。

侦查学，研究侦查主体对刑事犯罪进行侦查活动所采取的各种侦查技术、措施与方法的学科。该学科在20世纪80年代的中国如火如荼，之后逐渐冷却。到这几年，侦查学和很多传统行业引以为傲的宝典一起，逐渐没落。曾经一度被警察们视为珍宝的刑侦技巧，也因为高科技侦查手段的投放，而日趋尴尬。

只是，伴随着诸多传统刑侦手段缓缓退向幕后的，还有一群曾经光鲜，也勇敢无畏过的人，他们用毕生的时间，钻研对手行事的规律，并与之对抗。一代人老去，又有一代人站出来继续着前人的故事。而我，本就是后来者中的一员。

只是……

我站在老丁家楼下等他下来的时间，有点惭愧了。

老丁名叫丁超，一名很普通很普通的刑警，普通到临退休了，也没有混个一官半职。但没有一个人，会说他不求上进。相反，侦查学在国内最流行的年月里，老丁很多篇对于各种案件侦破的建议与心得，上过《中国刑事警察》《现代刑侦》等内部刊物。据说有一篇《对如何破获单车连环盗窃案的一些想法》的文章，还获得了当时公安部领导的亲笔批示，要全国公安系统好好学习。省厅一度也想把老丁好好包装一下，培养一番。但派车将老丁接过去一看，省厅的几位领导都不吭声了。

是的，老丁长得有点不像警察。不但不像，还容易引起人民群众对于警察形象的不客观认知。他有点胖，一米八五的个子，两百一十五斤的体重，这搁在警队也不算太胖，勉强可以说壮。不过，这身板配上一层白净细腻的皮肤，毛发还不怎么旺盛，稀稀拉拉几根胡子跟画上去似的，这就有点不像话了。用当时省厅一位领导的话说，就是“长得挺可爱”。实际上，背后大家都管他叫福娃，老福娃而已。

福娃老丁刚开始时还愤愤的，寻思着我长一娃娃脸加白净又怎么样了？人家朱元璋长着一副地包天的鞋拔子脸，还当了皇帝。刑警队的同事便安慰他：“老丁啊，谁也没说你长得丑啊！只是说你长得不够威武而已。你自己想想，公安厅特意培养去全国各地传授经验的刑警，往台上一站，就一大号福娃，那也不像话吧。”

老丁想想也是。

再说他觉得不是，又能怎么样呢？小福娃很快就长成老福娃了，一辈子在自己喜爱的刑侦行业风风雨雨几十年，也有滋有味。到退休了，老福娃在刚开始几个月里还三天两头往队里跑，操心着队里的大案小案，说要发挥余热。后来汪局被他弄烦了，说市政府家属楼单车棚里的单车失窃案频发，正好可以让破单车连环盗窃案最有心得的老丁去发挥下余热。老丁便讪笑了，说都什么年月了，还要破单车案吗？

汪局也乐了，说：“破不了也没关系，市委院里也说了，给你发个红袖章，在那单车棚外设个岗亭坐着，还有工资发呢！”

老丁连忙吐舌头，自此跑市局没那么勤了，怕真被弄去看单车棚。

“嘿！晓波，壮了不少哦。”老丁的声音在不远处响起。

我扭头，只见穿着件白色汗衫的他，肩膀上扛着个三四岁的小女孩，正从一旁的楼道里走出来。

“去那边小花园坐着聊会呗！嘿嘿，不是丁哥我不乐意你上家里去唠几句，我那媳妇这几年正犯更年期，毛病很多。所以我就给她说领着小外孙女下来玩会，咱哥俩落个清净，好好唠唠。”老丁咧嘴笑着说道。

我点头，跟着他走向小区中间的小花园。小女孩兴奋地叫着不远处正玩着滑梯的其他孩子的名字，并急急忙忙地从老丁肩膀上滑下来，快步跑了过去。

“就坐这儿吧！”老丁指着旁边的长椅。

“嗯！”我坐下，掏出烟盒，“来根？”

老丁吞了一口口水：“戒了。”说完这话，他朝着自家住的那栋楼看了一眼，接着从我烟盒里拿了一支：“不过，你非要我来一根就来一根吧。”

我笑了，拿出打火机来，给他点烟。但那打火机按了几下都没燃着，可能是没气了。老丁再一次朝着自家住的那栋楼看了一眼，然后将手伸到我们坐着的长椅下面摸索了几下，最后居然摸出了一个打火机来。

“来，点上。”老丁先给我将烟点燃，再点了自己的。完了，他讪讪笑着：“抽了半辈子烟，自由了半辈子。到退休了，管理咱的人就多了，啥都不让。所以……所以你知道去年我刚退休时候老是往局里跑的原因了吧？”

我心领神会地点头，继续听他说了一番家长里短。到他自己也寻思着说得没啥劲了的时候，老丁便自己开口问了：“我说晓波啊，你不会真是这么好心，来陪我老头子聊天的吧？说说吧，是有什么事情找我？”

我这才舒心笑了：“老丁，我这趟来是想打听下开颅人屠案的。”

“开颅人屠案？你打听这个案子干吗？不会局里又翻旧账，要把这案子拎出来再次侦查吧？”他边说边将烟头小心翼翼掐灭，放进了旁边的垃圾桶里，“你怎么不问局里其他同事呢？难道……”说到这里他翻了下白眼，“不过应该也是局里的同事让你来找我的吧？毕竟我是当时一直跟这案子的专案组成员之一。”

我连忙点头，寻思着自己这么随便一找，还找对了人：“是啊，所以，想要听听你对这个案件的看法。”

“得！那我就给你好好说说。”老丁架起了二郎腿。

“是1999年的案子，发现那三具尸体的是在朝夕山林公园夜跑的俩小青年，估计是搞对象，想找个没人的地方去亲嘴。那女的没怎么站稳，滚到山坡下面去了，然后在下面尖叫。男的连忙跑下去，发现女的滚下来后摔伤了，动弹不了，面朝下趴到了几团黑影上。而那几团黑影位置，蚊蝇乱窜，恶臭难闻，还都是人形的。那女的当时魂都吓没了。我们市局刑警过去的时候，姑娘躺在救护车的担架上直翻白眼。医生说都是给吓的，惊吓过度。”

老丁说到这里，自顾自从我放在椅子上的烟盒里掏出一根烟，用自己的打火机点上，深深地吸了一口：“现场很臭，生人勿进的那种。我们在现场一共发现了三具女尸，但可以肯定不是同一天遇害的，因为腐烂程度不一样。我喜欢研究些关于刑侦的东西，懂得的比其他人多一点。所以，我通过那三具尸体被蚊蝇啃食的程度，大致能判断出最早一具尸体是一周前被扔下的，最近一具应该是两天前扔的。紧接着鉴证科的法医们也到了，把那三具尸体带回了市局。验尸报告是第二天下午出来的，发现尸体的现场并不是第一现场，只是抛尸地点而已。死者都是那几天里被亲人朋友报过失踪的单身夜归女性，却又没有被性侵的迹象，甚至衣裤都非常整齐。死因各异，有一个是被掐死的，另两个是被刀捅死的。捅的位置也不一样，说明犯下这连环杀人案的凶手，很可能还是个新手。至于这么一个凶手，为什么会在极短的时间里连续杀死三个人呢？也是我们当时一再思考的问题。”

我明白老丁为什么说着说着案情，又将重点说到凶手动机上了。是的，连环杀人犯，一般都是有周期的。国外对于若干连环杀人犯的调查研究报告里，总结出这类凶徒通常有从幻想杀人、渴望杀人，到实施杀人，最后为杀人事件低落忏悔这么一个周期。一般来说，这周期都是在三个月到半年不等。当然，也有个别在几天内连续作案的先例，但那都是少数，也都是有诱因的。所以，揣摩这起案件的凶手的作案动机，能够对案件侦破提供很多帮助。

但我还是打断了老丁即将开始的大段分析，因为我想知道案件更为详细的情况。我小声地问道：“老丁，那为什么把这案件称为开颅人屠案呢？”

“我刚才没说吗？”老丁翻了下白眼，紧接着自顾自笑了，“你看我，一聊就聊开了。之前我不是说了吗？验尸报告在第二天下午就出来了，致命伤各一，但三具尸体的头部都有个小窟窿，在右边太阳穴上面一点，像是被小锉子小心翼翼在头骨上挫开的。法医还说，凶手将受害者头部钻了这么个小洞后，还插了一根类似于吸管一样的东西进去，将里面的脑部组织吸走了一小部分。这话一说出来，我们这些大老爷们儿也都有点犯恶心。可接下来法医说的后面几句话，让我们更加头皮发麻。”

“什么话？”我连忙问道。

“他们说……”老丁顿了顿，表情凝重了，“他们说受害者的头颅被钻开个小洞并被提取了一小部分脑组织的时候，人应该还是活的，并没有被杀死。嗯，也就是说，凶手将活着的三位受害者开颅了，并进行了个小小的脑科手术。”

“哦！”我点了点头，并没有他说得这么一惊一乍瘆人的感觉。因为在学习犯罪学的几年里，我与我的同学们看过大量的国外凶杀案的案例分析报告，其中大部分都有着现场图片甚至影音。说实话，让人感觉不适的有很多，但自己没有参与其中，只是听听看看而已，对于我来说，也不过如此。

“三个在一周内被杀害的女受害者，同一个弃尸地点。不同的死法，却有着相同的伤口。”我认真地总结了老丁说的案情，“嗯，凶手应该是在实施着自己臆想出来的某种仪式。”

老丁笑了，摇头：“那是国外对于同类型案例的分析判断。而当时我们觉得这更像是凶手在求证什么？”

“求证什么？”我迷糊了，反问道。

“是的。”老丁很肯定地回答道。

. 12 .

犯罪的根源，在于幻想和现实的界限被打破。于是，很多连环杀手都会在谋杀之后拿走一些纪念品作为对自己的奖励。这些纪念品，也就成了凶徒们的欲望与现实之间的桥梁。没有纪念品，有些连环杀人者甚至不确定自己是否做过那些杀戮行为。

除了拿走纪念品外，连环杀人者还会有把受害者的尸体摆放成某种只有他自己才可以解释得通的奇怪姿势。只杀吸毒者的美国连环杀人犯莱斯特·萨夫，总是会把那些毒瘾者的尸体扔在垃圾桶旁，手臂指向扔垃圾的指示箭头方向。亨利·李·卢卡斯（美国著名连环杀手，被称为“嗜好杀人的史上第一杀人王”）会不辞辛劳地将受害者尸体带到监狱旁有着“请勿乱扔垃圾”的牌子下。还有些更加凶残的凶手，他们甚至会把受害者身体的某些部件，比如头部、四肢、生殖器等割下留在身旁，用来把玩或展示给之后的受害者看。所以，在老丁将开颅人屠的事娓娓道来后，我首先想到的，便是连环杀人犯的这种叫作“图腾阶段”的表现形式。至于受害者脑子里被窃走的那一小部分脑部组织，也正吻合连环杀人犯需要保留受害者身体某个部位当作纪念品的特质。

所以，当老丁说出另一种看法的时候，我本能地抵触起来。从警的这几年，正是这些老刑警对我这种政法专业科班生的一次又一次否定的话语，令我当日选择这个职业的热情逐渐消退。尽管，他们又一次次用最终的结果，证明了实际工作中积累的经验，确实要比我们在学校学到的管用很多。

“老丁，能具体说说吗？”我将身子往他的方向扭了扭，“为什么你们觉得凶手取走尸体的一部分脑部组织，目的是想求证什么？”

老丁憨憨一笑：“在你面前我就不吹牛说自己如何神通分析出来的了。你知道鉴证科以前的科长冯对眼吗？”

我点头：“听说过，杨琦的法医师父冯丰收警官，很神的一号人，不过，好像听说他退休后得了老年痴呆，每天迷糊得不行。前些日子不知怎的一个人钻出来跑回了局里，说包公给了他一把狗头铡，被他儿子拿去埋在海城河边上，要大伙跟他去挖来着。”

“是他。”老丁乐了，“嘿，那找个时间我去和他聚聚，看看他都糊涂成啥样了。”

说到这儿，他那笑容又不自觉地僵了，似乎想到了同样已经退休的自己。紧接着，他自顾自地摇了摇头："对眼当年可是我们省公安系统的宝贝，这开颅人屠案里那三具腐败程度不同的尸体，在他手里只放了两天，一份厚厚的报告就到了我们专案组每一个成员的手里。对眼指出三具尸体身上的致命伤虽然都不一样，但头部的那个小孔，却是完全一样的。他甚至用游标卡尺进行了测量，发现那小孔的形状与尺寸的相似度可以精确到零点零几毫米。至于脑部组织所缺少的部位，也都相似，不同的是从第一个受害者到第三个受害者，被吸走的脑部组织的多少有细微差别。"

"最早的一具尸体是一周之前的，最晚的一具也是两天左右的。而且是在山林里，有足够多的蚊蝇昆虫，冯法医还能出这么详尽的验尸报告来吗？"这次我是真的有点吃惊，甚至不太敢相信了。

"所以说老冯是个宝贝啊。也是这一结果，令我们把犯罪嫌疑人的范围一下缩小了很多，定位到了神经外科方面的医生或者该专业相关的人士身上。可惜啊……"老丁摇头，"可惜的是最终这案子还是没有破，线索太少，凶手也极其狡猾，压根找不到他在这城市中犯下这三起命案的任何痕迹。所以，你们想要把这起案子重新拿出来侦破，还是得去找找冯对眼聊聊。"

也就是这时，我突然想起了在市局开专案组会议时，杨琦提过一嘴，说巨人观女尸的解剖工作，可能要请她的师父来亲自操刀。之前李俊给我通电话时也说了杨琦的师父在参与尸检。而她的师父，不会是已经得了老年痴呆症的这位冯对眼吧？

一下子，我对于市局将巨人观案件和七年前的开颅人屠案，进行并案的决定，产生了一些质疑。要知道，刑侦工作，严谨是第一位的，而冯对眼这位传奇人物，现在始终……

于是，我小声嘀咕了一句："问题是，问题是这位老法医现在自己的脑子也不太好使了吧。"

老丁似乎看出了我在琢磨什么："晓波，你可别小瞧我们这些老东西哦。再说了，老年痴呆也不是多大一个病，按时吃药，多多锻炼，也没太多问题的。老冯只比我大了六岁而已，你看看我，生龙活虎，手脚灵光，来一两个壮小伙还不一定能够撂倒我呢！"

说到这里，他还将手里的烟头掐灭，一把站了起来，作势要打一套行军拳给我见识一番的样子。也就在这节骨眼上，不远处他那小外孙女喊话了："外公，拉粑！"

"唉！来了！"老丁动作麻利地掏出厚厚一沓卫生纸，一扭头朝着滑梯方向跑去。她那小外孙女也不客气，脱了裤子就要开动。老丁毕竟生龙活虎，手脚依旧灵光，一个箭步上前，将几张卫生纸放到了地上，正好接住了他外孙女排泄出来的污秽。接着，他一本正经地蹲在小女孩身边，还扭头冲我笑了一下。

几分钟后，他帮小女孩做完善后工作，又掏出个塑料袋，将污秽包好，扔进了垃圾桶。

我笑着看完这一幕，感受到的却是英雄迟暮的悲凉。警察，一个承载着太多太多的神圣身份。但同时，警察，又始终只是一个职业。这一职业的从业者，褪去铅华后，何尝不是一群要面对俗世琐碎的普通人呢？

莫名地，我脑海中蹦出了前些天那位拿着癌症报告的医生说的话，尽管那句话，与此时此刻的这一场景并不搭调——"被癌症盯上，是你们咎由自取。"

从警，一度是我的信仰。但，这一信仰对于我，已经摇摇欲坠，接近崩塌。

第五章

有时候，爱是一种瘟疫

姚沫既是偷榴杧千层的锁匠之子，也是迷恋莎士比亚的水电工，平凡到让人觉得太过平凡，奇怪得又让人说不出他的奇怪。第四个受害者终被确定，深藏在若干人内心深处的情爱故事，那姑娘身躯已然冰凉，人世不再。

心理干预（psychological intervention）是指在心理学理论指导下，有计划有步骤地，对特定对象的心理活动、个性特征、心理问题施加影响，进而引导对象朝着预期目标变化的过程。心理干预的手段包括心理治疗、心理咨询、心理康复以及危机干预。

. 13 .

我回到学院路 8 号的时间，是五点一刻。路上和邵长歌通了电话，他已经做好了功课，等我过去后一起回学校吃饭，然后我们会早点到礼堂，为晚上的心理干预做准备。

远远地，就看见他孤零零的身影，站在这冷清的街道边。他换了套铅灰色的西装，白色衬衣与同样灰色的领带，使他显得越发斯文。而本就修长的身材，在这秋风中孑然一身，似乎有点凄凉。

他冲我笑，仿佛中午经历的一切都已翻篇。他要我将车停在路边，提议走路去学校。我犹豫了一下，寻思着今晚七点半开始的心理干预应该也就一个多小时，而市局通知的会议是在晚上十一点，时间上并没有冲突。于是，我采纳了他的建议，将警服脱下放到车上，拎出件皮衣套上。临要关门，我又猛然意识到什么，再次上车，在里面换上了一条牛仔裤。

海城市的深秋，天暗得早。曾经热闹过的学院路上，只有落叶不时地急匆匆掠过。这一气氛让我觉得很不好，我不希望自己的好朋友，会在他那阴郁的世界里一再深陷。

“下午功课做得怎么样？”我问道。

“还好。”长歌微微点头。

“哦。”交谈似乎就此冷场，我也一下找不出更好的话题来。我必须承认的是，尽管七年前的我和他，是那么要好，但心智真正迈向成人的这七年里，我们又始终形同陌路。于是，这一刻并肩向前的我与他，是熟悉却又陌生的。

那么，如果明天，后天……之后的某一天里，他终于找到了林珑，那么，林珑与他，是不是也会如此呢?

我还是想岔开话题。尽管这两天里，我脑海里也始终是林珑失踪这一怪事在来回纠缠。

“你现在重建的剧社，之后也是要在今晚这个小礼堂里演出吗？”我总算找出了一个话题来，并有点沾沾自喜。因为舞台剧，本也是邵长歌的兴趣所在。

果然，邵长歌笑了，他将双手伸到嘴巴位置哈了口气：“是，不出意外的话，下周五，我们的第一场舞台剧就要上演了。想不到现在的学生，对于舞台剧还能这么感兴趣。之前在国外时我还以为，文化在中国已经彻底遗失了。回来才知道，人们富了，对于文化的认可，再次回归了。这也是我之所以能够在短短一个多月的时间里，便让剧社迎来第一场公开演出的原因。”

他搓了搓手，说：“也还多亏了另外一个朋友，一切才会这么顺利。对了，你上次见过他，姚沫。嗯……你还说人家这名字挺有意思的那位。”

“那个水电工？”实际上我对这个叫姚沫的人印象很深刻，但还是故意迎合着他反问了一句。

“是他。不过，也不要叫人家水电工，他是学校工程部的副部长。”长歌继续笑着，“刚才我不是说国人的文化素养越来越高了吗？姚沫可没有受过高等教育，他的身边也没有几个对歌舞剧感兴趣的朋友，可偏偏他迷莎士比亚迷到疯魔。和他聊起莎翁的每一个剧本，他都信手拈来，甚至有些细节比我还要熟稔。”

他的笑继续着，似乎在缓缓地变味：“我这二十几年所认识的人里，和我一样对莎翁如此痴迷的另一个人，就是林珑。”

我扭头，发现他的笑有点牵强，且苦涩。

“晓波，上次我好像和你说过，当我第一次在学校见到姚沫的时候，我就觉得非常亲切。我想，可能也是因为他和我，和林珑一样喜欢莎士比亚的缘故。要知道，你对某一个人的著作太过沉迷，久而久之，你就会承载他的思想。”长歌顿了顿，“我想，姚沫就是一个和我，和林珑一样，承载着莎士比亚思想的人。”

“承载着莎士比亚思想的人。”我重复了一次他这句话，也是因为邵长歌对姚沫的这句评价话语，令我对姚沫的看法，一下好了不少。我相信，对于莎翁故事中的悲喜能够那么深爱的人，不可能坏到哪里去的。再者，将姚沫视为反叛者的锁匠，本就没有给我留下好印象。那么，我也应该将姚沫对锁匠的反叛，理解成他对于碌碌无为于旧城区深处那种平庸人生的一种对抗。

“长歌，你们那第一场舞台剧，我肯定会来看的。”我这么说道。

他停步，转身冲我歪头，苦笑被他深埋了：“这是你自己说的，我可没有逼迫你。要知道你这么个工作繁忙的刑警，约会放鸽子可能性是很大的。”

我耸肩：“总之我答应你就是了。这两天你也看到了，我并不是很忙，才会有这么多时间陪你到处瞎逛。”

邵长歌摇头：“晓波，不要以为我不知道你的真实目的。今天上午我到学校时看到了两辆警车停在女教师宿舍楼楼下。顾琴究竟是自杀还是他杀，公安局应该还没下最终的定论。所以，你小子这两天泡在这边，更多的是想通过我深入海城大学，尝试搜索某些线索吧？”

我被他说中了，感觉有点狼狈。但对于刑侦这一职业的消极心态，又令我忍不住反驳：“照你这么说的话，我三番两次帮你找寻七年前就不见了的林珑，也是企图通过找寻林珑来捕捉顾琴案的线索吗？”

长歌笑了：“谁知道你心里打着什么小九九呢？又或者……又或者你是因为找不到线索闲得慌而已，嗯，还真说不定就是这样呢。”

可就在这时，我脑子里蹦出了老教授对我说，顾琴曾经接受过邵长歌催眠治疗的事情来，令我在这时本应放松的大脑，又不自觉地绷紧起来。我望向和我并肩的邵长歌，他那干净且烫过的衬衣领子，后颈上修剪得很是整洁的发楂儿，表明他精心打扮过……

也就是说，我所以为的备受相思之苦煎熬的他，可能并没有那么痛苦。但同时我又意识到一点，来自他爷爷辈、父母辈的那份优雅，本就决定了他在任何时候，都会注重小节，并一丝不苟。

是的，七年了。这七年的时间，正是男孩真正成长为男人的七年。我无法知晓这七年里他所经历的一切，自然也无法知晓七年后的他，哪一部分是真实的？哪一部分又是假的？

“你和顾琴很熟？”我问出了我一直想要问的话。

“之前不是和你说过吗？我和她一起坐飞机回的海大。之后……”他顿了顿，“之后就没有太多交往。”

我咬了咬嘴唇，面前的男人在对我说谎，而且还说得如此自然。

“但是据我了解，你和她的关系，并不是你所说的这么简单。”我终于对他发难了。

“是吗？”邵长歌的语调并没有任何变化，甚至令我在这一刻有种感觉，觉得他的虚伪能够令他的所有小心思，都不会流出丝丝毫毫来。

他继续朝前走着，似乎是在思考接下来如何回答我。几秒后，他叹了口气：“晓波，我的职业是什么？”

“大学讲师。”

“嗯！”长歌点头，“但我还有一个身份，海城大学心理救助中心的一名心理咨询师。心理咨询师的职业操守中的第一点，便是要死死守着来访者的所有秘密的。当来访者走出心理咨询中心的大门，我和她们就是陌路人了，甚至在马路上遇到，也要如同生人般擦肩而过。那么，我刚才对你的回答——顾琴和我没有太多交往，这是实情。因为撇开咨询师与来访者的关系，我和她真没什么来往。况且，作为我的一名病患，一名来访者，她接受心理治疗的每一个诊时里发生的事情，都封存在我作为心理咨询师的诊疗笔记里了。晓波，我是一个有独立思想与自己的逻辑思考能力的人。如果，她与我的会谈中，真有某些能够对你们调查她的死因有帮助的信息，我早就透露给你了。你现在说的话，让我觉得，你这几天接近我的原因，更大程度是想利用我找出更多关于顾琴死亡的线索。甚至，你还怀疑到我。”

“长歌，她对你有意思，这一点你不可能不知道吧？你怎么能说与她只是极为普通的朋友关系呢？”我说这话时声音有点小，因为我自己也参加过心理咨询师的诸多培训，知道这个职业的操守。所以，我继续深挖其中的线索，似乎真的有点小人。

长歌摇头，步子却依旧是那么不疾不徐："晓波，我能不能要求你，在顾琴的问题上，今天的这次对话，就是你与我之间最后一次关于她的对话？逝者已逝，我们不可能令她再生，所以，在背后议论一个死去的人，会令我觉得自己有点卑鄙。"

"好的，我答应你。"我回道，"但也希望你理解我的职责所在，线索到了你身上，我必须往下查，而不能因为你与我要好，而就此断了。"

"嗯。"长歌没再看我，"移情，精神分析中的一个用词。在催眠疗法与自由联想法为主体的精神分析过程中，来访者会对心理咨询师产生一种强烈的情感。这一情感，是来访者将自己过去对生活中某些重要人物的情感投射转移而生成的。"

"你的意思是顾琴对你产生的爱慕情愫，其实只是她对过去某个爱人的情感转移？"我插嘴问道。

长歌并没有直接回答我的提问，他好像自言自语般继续着："移情的三种频度最高的表现方式分别是——依存性、恋爱情感转移和两面情感。依存性，体现为对于双亲的感情转移到心理咨询师、教师、医生、上司等人的身上。两面情感，则是来访者的爱与憎、想接近又想回避、相信且质疑这样的相反情感的同时转移。而顾琴对我，就是典型的这三种表现中的第二种——恋爱情感转移。"

我没再插嘴，安静地听着。

"她有过一个男友，是她在国外留学时认识的。两个人当时感情很好，顾琴很依赖对方，也一度以为自己会和对方携手走到人生尽头。顾琴说那男孩很上进，或者也可以理解为那个男孩比较功利，始终希望留在美国不再回来。最终，男孩为了留下，与一位年岁不小的美国女人结婚了，而顾琴一个人拉着并不多的行李，登上了回国的飞机。她的所有情爱，都留在了大洋彼岸的那块土地上。”

邵长歌说到这里，再次将手放到嘴前，哈了口气，并搓了搓：“晓波，而我的身份，似乎正好嵌入了她那深爱的男人的角色里。留美归来，甚至和她一起从北京转机，回到海城，再回到学校。这一系列过程，不正是她所一度憧憬过的与她男友携手回国时，所要经历的一切一切吗？”

“所以……”邵长歌开始做总结了，“所以她那所谓的对我的情感，无非是对她曾经有过的爱恋的一次移情罢了。甚至我可以负责任地说，就算没有我与她的那几次心理咨询，她同样会对我有情愫，因为她潜意识里对于我的身份在她与她男友那段故事中会有替代情结。所以，我在对她进行催眠治疗的过程中，尽可能只以咨询师的身份对她进行开导，而杜绝了代入成为她的爱人，并反复告诉她一切都是末路，不可能重新回来。”

“满意了吗？夏警官。”长歌扭头过来，冷冷问道。

“不过……”我瘪了瘪嘴，“不过那姑娘其实也挺不错。”说完这话，我冲长歌笑了。

长歌迎合了我将这气氛带回到轻松之中的调侃话语。他耸了耸肩：“行了，打住吧，人家已经走了。”

“嗯！”我点头，跟上了他的脚步。

不得不承认，若干个小小的又痛彻的情爱故事，深藏在若干人的内心深处。其中，也包括一个叫作顾琴的来过这个世界又离开了的姑娘的人生之中。只是，那个被她心心念过的男人，又会在多少时日后，才会知道曾经深爱过自己的那个姑娘身躯已经冰凉，人世不再了呢？

. 14 .

我们在海大食堂吃饭。

穿着精致西服的邵长歌与皮衣牛仔裤的我，个头都挺高。我们排在打饭的学生们中间，显得有点扎眼。不时，有路过的女学生们故作无意地扭头，偷偷打量我们。其实在高中时，我和长歌以及当时还并没有留长发的王栋看来，这都很正常。多年以后，男孩与男人的身份切换之后，我们所散发出的吸引力，已经变得更为浑厚了吧？

我俩坐在角落安安静静地吃完了我们的晚饭。长歌依旧和以前一样，把盘子里的最后一颗米饭都塞进肚子里，不允许遗漏。有时候我都怀疑邵长歌或许有着强迫症。但他的专业又令他在很多时候展示出来的，更多的是对自己的苛刻大于病态的强迫。

走进礼堂时，是六点五十分。两个一看就知道是学校领导的老者早早地在那里候着长歌。瞅见他后，便搭着他肩膀，往后台走去，似乎有一些事情需要对他交代。临分开之前，长歌指了指二楼："晓波，你去楼上吧。一会所有需要接受心理干预的教师，都会在一楼坐着，二楼不会安排听众的。"

我点头，并冲他竖了个拇指，示意要他加油。

长歌回报了我一个微笑，往后台走去。

我转身，往周遭打量了一番。海城大学有很多建筑都有了不少年月，这礼堂应该是中苏关系稳定时建的，明显有着欧洲歌剧院的风格。二楼的观众台不大，边上还有着隔出来的小小空间，或许最初是当作贵宾包房来布置的。

也就在这时，从礼堂外面走进来三四个女人。一看就知道她们并不是学生，年岁都有三十出头吧？这几位女教师也看到了我，她们急匆匆地低头，往后排角落里的座位钻。我这才意识到，尽管礼堂里即将坐满的都是平日里站在讲台上对着学生大声宣教的灵魂工程师，但这个夜晚，她们的身份都将有所改变。

她们或多或少都有了些心理障碍。之前那位本来生活在她们身边的美丽女人，用另一种方式，钻进了她们的世界。

我忙收拢了自己四处打量的目光，甚至微微欠身低头，令自己不会显眼，快步朝着通往二楼的楼梯间走去。楼梯是木质的，有股子久远的木头才会有的腐朽味儿，却又很好闻。也许这股味道，便是无法真正被定义出来的书卷味儿，令我不由自主深吸了一口。

到了二楼，我看到了姚沫。

是的，坐在二楼看台最前排角落位置的人，正是姚沫。他那乱糟糟的头发，只需通过头部的背影就能断定是他。况且，二楼安静且空灵。姚沫所给我的第一印象，也正是如此。

他并没有察觉到我的到来，相反，此时望向空荡荡舞台的他，似乎正沉浸在某一种遐想或沉思当中。我犹豫着要不要小声咳一下，证明我的到来。但最终我没有，因为我在这空荡荡的空间里，依稀捕捉到了男声轻微的细语声。而这细语声的发出者，只可能是那不远处坐着的姚沫。

我往前走去，一边努力捕捉空气中回荡着的声音的内容。随着我一步步前进，那细语声，最终清晰可辨了。

“留心，那跟在我背后的鬼。不要闹，史墨金！不要闹，你这恶魔……”

他的细语到此打住了，因为二楼那木质的地板，不合时宜地发出了“吱吱”的声响。姚沫扭头，看到我。于是，我连忙冲他微笑：“你好，我们，我们好像上次见过吧？你姓……”我故意做出思考状，掩饰着我的尴尬。

“我叫姚沫。”他站了起来。相比较而言，今天的他比之前那天的他，显得大方与自然很多。

“我记得你，也听邵老师提起过你。你是夏警官，你也来听邵老师今晚的课吗？”他的目光朝我裤子上瞟了一眼，并快速收回。这一细节，令我庆幸自己最终换了条牛仔裤的决定。

“是。”我冲他点头，也尽可能令自己的神情自然且亲切，“不过今晚的这一场，不是叫作课程吧？而是大型的心理危机干预。”

“对，对，是叫作心理干预。”姚沫站起来，半弓的身子指了指旁边的座位，示意我坐到他的身旁。他的这一细微动作，令我对他又多了一分好感，因为他大可不必为唐突而至的我起立的。

我脑海中浮现出他那位酗酒的养父。一个粗鲁到让人厌烦的糟老头子，竟然能有一个在如此细节上都有着礼数的养子，着实让人有点意外。

长歌对姚沫的评价又跳了出来——一个承载着莎士比亚思想的人。

我回报他微笑，走到了他身边，和他一起坐下：“你也对邵长歌今晚的这场大型心理干预感兴趣吗？”

他摇头，但紧接着又忙不迭地点头：“想看看而已……想看看邵老师所说的这种心理干预是怎么个回事。再说……”他扭过头，朝着舞台又看了一眼，“再说我……”他回过头，苦笑，“我没什么朋友，下班后一般也挺闲的。邵老师说今晚在这里有这么个活动，我就来了，也许，也能学到点什么东西吧？”

说到这儿，他似乎想起了什么，那苦笑也在脸上收住了：“对了，夏警官，不会是今晚的这场心理干预活动有什么忌讳，不允许我这么一个外人来旁听的吧？”

我被他问蒙了。按理说，大型的心理危机干预的人数都是有要求的，因为心理咨询师会针对现场的人数，来考虑是否带助手以及如何把控节奏。所以，今晚这次心理干预，确实是需要提前报名并填写表格反馈信息，以便于心理师制定计划的。

但最终我冲他瘪了瘪嘴：“没什么问题吧？我们只是在二楼听听，不会有影响的。”

姚沫笑了，他应该从我这话里听出了我和他一样，是这场心理干预的围观者。

“也是！我们只看看，说话小声点就是了。”他反倒开始安慰我了。

. 15 .

心理干预（psychological intervention）是指在心理学理论指导下，有计划有步骤地，对特定对象的心理活动、个性特征、心理问题施加影响，进而引导对象朝着预期目标变化的过程。心理干预的手段包括心理治疗、心理咨询、心理康复以及危机干预。

邵长歌今晚要操刀的，就是一场很典型的危机干预。并且，像这种一次性对上百人进行的干预，对咨询师是有很高要求的。

心理危机，指由于突然遭受严重灾难、重大生活事件或精神压力，使生活状况发生明显变化。尤以出现了用现有的生活条件和经验难以克制的困难，导致当事人痛苦、不安，甚至伴有绝望、麻木不仁、焦虑，以及植物神经症状和行为障碍的情况。所以，心理危机干预，就是针对处于心理危机状态的个人及时给予适当的心理援助，使之摆脱困难的过程。

在海城大学这次的案例当中，心理危机的事因，是顾琴的尸体在水箱里高度腐烂事件。女教师宿舍楼的102位当事人知悉自己那一周的生活中，竟然会被一具腐尸渗入，之后才普遍出现了焦虑不安，进而有了噩梦。一般来说，每个人对于严重事件都会有所反应，但不同的人对同一事件的反应强度及持续时间不同。这种反应过程可分为三个阶段：第一阶段被称为立即反应，当事人出现麻木、惊慌、否认或者不相信。我们正常人在突然听说噩耗时，不自觉地说出一句“这不是真的吧？”这一反应就是典型的立即反应中的否认。

接下来是第二阶段，即完全反应。当事人会感到激动、焦虑、痛苦和愤怒，也可有罪恶感、退缩或抑郁。而这一阶段，便是最需要心理干预介入的阶段。只有顺利地度过这一阶段，人们才能进入第三阶段——消除阶段——接受事实并为将来做好计划。

楼下陆陆续续走入礼堂的女教师，正是在第二阶段出现了诸多不稳定情绪的当事人。不得不承认，就算是男性，在意识到自己在整整七天的时间里，喝着有顾琴融入其中的开水，用有着顾琴完全渗入的水洗漱……这，确实是一种令人毛骨悚然的感觉！

“应该要开始了。”姚沫将头往前探了探，小声说道。

我看了下表，才七点十分。或许，姚沫之所以说出这么一句并没有太多意义的话，更多的是让我与他在这一刻并排坐着时，不要太过冷场吧？

“你到海城大学工作多久了？”我随口这么问道。

“七年。”他也随口这么回答道。但紧接着，他又补了一句：“我说的是加上首尾是七个年头，正儿八经算起来，我到海城大学工程部只有六年多而已。”

他顿了顿，语气加重了：“六年出头，是的，我在海城大学待了六年。”

我默默地点头。他对于与我本应随意的交谈，依旧保持着高度的警惕——这般随意的一句问答里，他也尽量追求着清晰与精确。

也就是这一瞬间，我看见他的脚，似乎朝着门的方向挪了挪，紧接着，他又将脚往回收拢，缩到椅子下面。

我皱了皱眉，警察的直觉告诉我，面前的这个姚沫在害怕。他主观意愿想与我愉快轻松地交谈，且也在尝试与努力。但骨子里的他，对于与我的接触，又有着抗拒，甚至想要逃避。

他害怕的不是我，而是我警察的身份。

也就是说，他害怕警察。

我身子往椅背上靠了靠。我喜欢观察被调查者的侧面，因为人们面部的表情可以通过自己的努力，令之成为面具，掩盖掉真实情绪。但侧面所能窥探到的部位包括两下颌、嘴角以及眼角的肌肉，总是能够暴露出更多信息。

“姚沫，你被警方处理过吧？”我选择了单刀直入。甚至，在我问出这话的时候，手臂和小腿都已经暗暗使上了劲。因为我不能担保面前这位本就对我保持着警惕的男人，在接收到我的这一刺激后，会不会突然间做出某些我意料之外的举动来。

他并没有动弹。相反，他停顿几秒后，回报了我一个耸肩。这一动作，可以解释为他在听到我的问话并思考了几秒后，较之前有所放松。

“有被人送进过派出所，但没有被处理，因为……”他叹了口气，“因为那时候我年纪还小，犯的事也不大。”

他扭过头来：“很多年以前了，那以后，我再也没有偷过任何人的一针一线。”

盗窃？他养父是个锁匠……我脑海中快速浮出这两个信息。

我面无表情：“不介意给我说说吧？”

他苦笑：“那年我才十七岁……夏警官，我父亲是个手艺人，他总觉得只要有一门手艺，一辈子就可以过得安稳快乐。所以我只读完了初中，就进入社会跟着他学他引以为傲的手艺了。那两年，也有点叛逆，总是与父亲吵架，吵架后就离家出走。没钱吃饭，便去偷，被发现后就被扭去派出所了。”

“偷了多少钱？”我问道。

“没拿钱。”他连忙说道，“只是偷了几盒蛋糕。当时……当时那蛋糕店的收银台里是有现金的，我没拿。”

我打断了他：“姚沫，你说收银台里有现金，但你并没有拿，难道当时收银台里没有人吗？”

他点头：“我是半夜进去的，那蛋糕店里确实没人。”

“你怎么进去的？”我明知故问，等待听他自己说出他养父所引以为傲的是一门什么手艺。

“我翻墙进去的。”他说这话时，表情平和安静。他没有说谎。

“哦！那之后又怎么被抓了呢？”我也依旧语气温和安静。

“出门时被人撞见，身上又带着那几盒蛋糕，算是人赃并获吧？”

他苦笑着，“派出所的警察把我关了一宿，第二天通知我父亲过去领人。我父亲脾气不好，在派出所里当着人面，把我打了一顿。”

说到这里，他深吸了一口气：“那时候年纪小，关在那小黑屋子里的一宿，想了很多，越想越害怕。接着被我父亲揍的那顿，也揍得挺惨的。之后我只要一看见警车就有点害怕。这件事也算是对我起到了很好的警示效果吧。”

“哦。”我点了点头。有很多小孩子初次犯错被处理后，都会从此改过。司法的真正目的，本也是改造人，而不是惩罚人。

对于姚沫的这番话，令我对他之前的一些质疑，算是有了答案。况且，这答案也说得过去，所以，我似乎也没必要深究什么了。

“几盒什么蛋糕啊？能美味到令当年的你铤而走险。”我笑了笑打趣道。

这一刻的他，似乎也放松了不少，他回报了我一个微笑：“榴杧千层。”

“嗯！我不喜欢闻榴莲的味道。”

这时，楼下的台子上出现了邵长歌与另外两位中年教师的身影。他们站在舞台一边，正在说着什么。

“邵老师的这次讲座将在十分钟后开始。”礼堂的音响里传来这么一句话。

姚沫笑了：“嘿，夏警官，刚才你不是说今晚上这堂不应该叫讲座，而是应该叫什么大型心理危机干预吗？”

我瘪了瘪嘴：“或许他们将之称为讲座，能让今晚这102位有着焦虑症的教师们稍微放松点吧！”

“哦！”姚沫似懂非懂地点了点头。

第六章

这个时代，化解孤独的成本很高

智商高达 179 的天才孤儿，线索来自痴呆老法医，右太阳穴上方“5”字形的伤口，好像凶手刻意雕上去的某种印记。冰冷的神经外科女医生戴琳，在黑暗中闪啊闪啊的眸子和温热光滑的身体。

智力商数（Intelligence Quotient），简称智商（IQ），是通过一系列标准，测量人在其年龄段的认知能力的得分。这一商数由法国的 Alfred Binet 教授和他的学生们发现。他们根据这套实验的结果，将一般人的平均智商定为 100，即为正常人的智商，根据这套测验，大多数人在 85 到 115 之间。之后他们还发现，智力是遗传基因控制的，人为无法改变。由于先天多种因素，人的智力发育会有所不同。

· 16 ·

心理危机干预工作者，会使用有效的方法来处理危机，这些技术的使用需要自然、流畅，而不是机械的生搬硬套。同时，干预工作者还要能够将评估贯穿到整个干预过程中。

目前使用的最为广泛的干预步骤为心理危机干预六步法，依次是：确定问题；保证求助者安全；给予支持；提出可变通的应对方式；制定计划以及得到承诺。穿着灰色西服套装的邵长歌，在接下来的一个多小时里，面带微笑，将这一系列过程缓步走完。他声音悦耳，节奏也把握得很好。尤其是在调动当事人将内心那些负能量的情绪抒发出来后，又始终控制着整体的氛围不致变成一场集体宣泄的失控现场。这一点，长歌做得尤为好。

最终，所有人都提交了接受干预后的新的信息采集表。从站在舞台一角的那位翻阅着表格的学校领导不时点头的表情上，我可以看出这次干预的成功。不得不承认，从海外回来的长歌，俨然已经成了一位化解心理障碍的专家。只是……只是，当长歌对着台下的所有人敬礼并收获掌声，然后往台下缓步时，我却感觉到这位能够医治别人阴郁心思的他，不一定能够将自己拯救。

“挺好的。”和我一样自始至终都没有说话的姚沫这么小声说道。接着，他有点莫名其妙地叹了口气，并抬起手，将左手的袖子略微提了提，看了下手表。

“九点多了。”他好像自言自语一般说着，并扭过头来，“夏警官，我本周值班，还要去锅炉房看看。嗯！我就先走了。”

说完这话，他微笑着站起，冲我点头：“晚安。”

“好的！晚安，我也还要赶回局里开个会。”我配合着他这有点奇怪的客套，看着他转身，离开。

他平凡到让人觉得太过平凡，他又奇怪得让人说不出他有什么样的奇怪。

我站在礼堂门口等了长歌差不多二十分钟，最后却收到他一条短信：晓波，校领导还想和我聊点工作方面的事情，你先回去吧。

我一看表九点半了，时间上也差不多了，便回了他个信息，然后走出了礼堂。秋天夜晚的校园并不安静，男生与女生们或快步或缓缓地在其间穿梭，这一切，让我感觉心境变得很恬静，仿佛罪恶没有在这里发生过。路边的长椅上，不时能看到紧紧依靠在一起的情侣，这画面，在我自己大学生涯的几年里，是很少看到的。要知道我们政法学院和苏门大学主校区并不在一起，相比较而言，政法学院里长期充斥的，都是浓浓的男性气味，司法的不苟，本就让人无法拥有太多的感性，更别说此时此刻我所见的柔情似水的场景。

选择不一样吧？当我选择了追求从警这一理想，就注定与红尘中千丝万缕的情愫没有太多的干系。

我想起了长歌，想起了林珑。面前的校园林荫下，那双双相伴的人儿，似乎都在幻变，成了他们相拥的背影。

我想戴琳了。我加快了脚步，想赶快将接下来的两三个小时过完，然后触摸属于我们的情爱世界。

尽管，这情爱有点畸形……

我就是这么想着、想着，穿过校园，走到了学院路。我上车，发动，朝前行驶……

我再次通过后视镜去看我身后的世界，那精神病院的楼房耸立着，夜色中，宛如一个能吞噬世界的巨人。

我与巨人观女尸案专案组的其他成员都没有想到，和汪局、李俊、杨琦三人一起走进会议室的，居然会是一位须发皆白，目光甚至有点呆滞的老头。坐在我身旁的一位同事小声嘀咕道："对眼。"

我愣了一下，扭头："他就是鉴证科那位退了休的法医老冯？"

同事冲我点头："就是他。"

"不是说他得了老年痴呆吗？"另一位同事插嘴道。

"咳！"李俊大声咳了下，并瞪了我们一眼，我们几个连忙闭嘴。

"今天临时召集大家过来，是因为尸检有了新的突破。这一收获，首先要感谢的是冯丰收同志的协助。那么，让我们用掌声对老冯说声谢谢。"汪局的声音洪亮，一群刑警回报的掌声自然也不低调。

老冯连忙站了起来，他冲大伙微笑着点头，然后咬了咬嘴唇："能帮到各位同袍，本就是我老冯分内的事。大伙也应该知道，我这两年脑子不是很好使了，很多事儿时不时会想不明白。所幸靠吃药还能凑合，倒是再过几年，可能……可能就真的会变成个只会流口水的老家伙，啥事都整不明白了。”

他顿了顿，苦笑着说：“所以，觉得挺遗憾的是，很多我们以为会永世难忘的记忆，最终会敌不过这副皮囊的衰老。你最深爱过的人，无论当日你如何痴迷与眷念，到最后，你会惊恐地发现，自己已经记不清楚他的模样了……”

老冯说到这里，居然抬起手，擦了擦眼睛。会议室这一干粗枝大叶的刑警们集体蒙了，有点尴尬，不明白这案情分析会，怎么会变得像爱情电视剧里的场景。杨琦连忙拉了拉老冯的衣角：“师父，您又说远了？”

“有吗？”老冯一扭头，表情依旧有着莫名而来的忧郁，“小杨，我们今天不是开退休警察茶话会吗？”

“老冯，你先坐。”汪局吭声了，“还是让李俊和杨琦来继续做工作汇报吧？”

“哦！”老冯点头，“小汪，你妈生你那年，你爸率队捣毁了一个专门偷粮票的盗窃团伙，这事我都记得，难道你也觉得我糊涂吗？”

“师父，没人说你糊涂。”杨琦站起来扶着老冯往外走，“我们去走廊休息一会儿吧。”

“好吧！”老冯倒很听杨琦的话，跟着她往外面走去，嘴里还嘀咕着，“既然你们承认我不糊涂，那为什么不愿意陪我去拿我儿子给偷偷埋在海城河边的那把狗头铡呢？”

“咳咳！”李俊又一次发出有点夸张的咳嗽声，“那么，接下来还是我来说一下老冯和杨琦在尸检中发现的新情况吧？”

他环视了会议室中所有人一眼，声音依旧洪亮：“现在已经可以确定海城大学巨人观女尸案是一起谋杀案了。我们已经将这起案子和七年前发生的开颅人屠案进行了并案处理。也就是说，潜伏了七年的开颅人屠凶手再次出手了。这次，我相信我们一定能将这个蜷缩在海城某个角落里的王八蛋给揪出来绳之以法。”

“咳！”汪局发出和李俊一样的咳嗽声，“怎么说话的？”

“哦，不是王八蛋，是罪犯、犯罪嫌疑人。”李俊一本正经地说道。

会议细节就不一一言表了，毕竟警队也有纪律，不是什么事情都能化为文字写出来的。新出的验尸报告大伙都简单看了下，杨琦在安顿好老冯后，也进来给我们就尸检中的事说了说。最新的发现是，在顾琴那具肿胀的尸体右太阳穴上方的头骨上，发现了一个和之前开颅人屠案里的死者头骨上一模一样的伤口。我很认真地看了看那伤口放大后的图片，那上面也有一个长度的标记，是一个高度五毫米、宽度一毫米左右的，有点像一个细长的“5”字形状的非常精致的口子。七年前那三具尸体的图片也被我摆在一起认真进行了比较，伤口几乎一模一样，都那么精致，好像是凶手刻意雕刻上去的一个印记。

“伤口是完全一样的，手法也是一样。但被提取走的脑部组织，可能不是同一部位。”杨琦很认真地说着，“尸体腐烂得太严重了，包括七年前的那三具，也包括这次海城大学发现的尸体。所以，我与师父不能确定脑部组织的丢失情况。”

之后的时间里，李俊又进行了一番布置与安排。对我，他只是敷衍地说了句要我在海大外围多走走。汪局可能也听李俊说了我的事，他始终没拿正眼多看我，或许，是对于我这么个想要半途离队的新兵有点失望吧？他的这一漠视，令我有点难过，低着头不敢和他们的目光接触，手里握着的笔在笔记本上胡乱画着什么。

七年……

开颅人屠再次出现……

长歌出国……

林珑失踪……

我胡乱写着这么几句互不相干的短句，手里的笔却还在自顾自跟随着我那凌乱的思绪继续游走着。

姚沫进海大工作……

我突然间愣了下，之前，姚沫第一时间回答我对他进入海城大学工作的时间的提问时，答案是“七年”，但紧接着他补充的说明，却是对“七年”这一时间的否定。那么，他似乎想要掩盖自己与“七年”这一词汇的关系？

我将这几个短句子间画上直线连在了一起……

七年，七年前，到底发生了一些什么呢？

而也是这七年……去去来，来来去，这个城市中又发生了多少不为人知的事？又有多少人，在这七年里，来到这座城市，又离开了这座城市呢？

走出会议室后，我掏出手机，寻思着要不要现在给戴琳打个电话，告诉她我就要出发去找她。后来一想还是下楼再打，毕竟局里人多不太方便。刚走到电梯时，迎面碰到了贾兵，他手里拿着一沓纸，板着脸从走廊那头的审讯室走出来，看模样是带回了一个二进宫或者老油子之类的，审起来有点来火。

这家伙猛一眼看到我，板着的脸却一下子舒展开来，估计是脑子里又有什么小心思开始盘算："嘿！晓波，有新线索。"

见我一脸疑惑，他连忙补上了一句："关于林珑的。"

"爱说不说。"我冲他翻白眼。

"新线索啊！你怎么不兴奋呢？"贾兵坏笑着，"这次的线索可能不止一顿饭咯！"

我一本正经起来："刑法第二百六十六条，诈骗公私财物，数额较大的，处三年以下有期徒刑、拘役或者管制。你这种知法犯法的，属于严重情节，可以给你加到三年以上十年以下有期徒刑里。嗯嗯，对了，还要并处罚金。"

"得！有诈骗犯跑出来逮着人只是讹诈一顿饭的吗？"贾兵看起来很不服气。

"你刚才不是自己说了，这次不止一顿饭吗？"我笑了，"我可以理解成为你这次想要讹诈的是金钱，甚至我的生命。"

贾兵耸耸肩："停！你小子到底是科班出身，说不过你总可以了吧？那……"他做思考状，"那就当是你请的那顿饭，我和我媳妇吃得开心后给你附赠的就是。"

他正色下来："林珑这丫头可不是一般的简单。"

"怎么说？"我问道。

"我昨晚回去后嘲讽我媳妇，说同样是孤儿院出来的丫头，那林珑就能考上实验中学，你就普通中学。谁知道，我那最不服人的媳妇说，人家林珑小姑娘能考上实验中学很正常。因为……"他又坏笑了，"晓波，叫声哥。"

我哭笑不得："哥。"

"哎！"贾兵很是高兴，"她们孤儿院搞过一次智商测试，怕有孩子脑子不好。测试出来的结果，林珑的智商居然是179。"

"179！"我瞪大了眼睛，"你确定？"

"确定。"贾兵点头，"因为我当时和你一样不相信，还笑了我媳妇几句。今天上午，她通过教育局的一位朋友找到了当时那次智商测试的档案，拍了张照片发过来。乖乖，那林珑还真的是179。"

179……

179，意味着……意味着一位天才。

. 17 .

智力商数（Intelligence Quotient），简称智商（IQ），是通过一系列标准，测量人在其年龄段的认知能力的得分。这一商数由法国的Alfred Binet教授和他的学生们发现。他们根据这套实验的结果，将一般人的平均智商定为100，即为正常人的智商，根据这套测验，大多数人在85到115之间。之后他们还发现，智力是遗传基因控制的，人为无法改变。由于先天多种因素，人的智力发育会有所不同。

一般来说，高智商的定义分界线为130，大于或者等于这个智力商数的，便是我们称为高智商的人。我们这个年代里比较知名的几位高智商人士，如霍金（160）；比尔·盖茨（160）等。伟大的物理学家阿尔伯特·爱因斯坦的智商在200左右，他成功解释了光电效应，并创立了狭义相对论和广义相对论，对人类的文明推进起到了巨大的作用。

当然，我们也不能一概而论，将高智商的人就定义为伟人抑或能人。但他们在观察力、注意力、记忆力、思维力、想象力以及分析判断能力、应变能力这七个方面，肯定是优于普通人的。而林珑那 179 的智商，更是比霍金这种天才科学家还高上很多了。

在开车去往戴琳家的路上，我脑子里一直在想着林珑与她的这一智商的事，隐隐觉得一切都不那么简单了。戴琳所住的小区，是要跨过海城河的。在通过滨海大桥时，我寻思着自己似乎也不应该继续琢磨与这个即将弥漫着情爱的夜晚不相关的事了。于是，我将车速放缓，并按下了车窗，让凉凉的风吹进车厢。我深吸气，冷气钻入了我的灵魂深处……

我笑了笑，不久的将来，我就会离开警队。到那时，就不会再接触这些需要自己不断解谜的事儿，我的人生将步入正轨。

只是，到那时，我还会像现在一样，和戴琳保持着这层关系吗？

我不想继续往下响，手指很自然地按下了车载音响的按钮。

I'm a big big girl in a big big world.

It's not a big big thing if you leave me...

我一愣，连忙切换到了收音机，深夜中专门解答两性话题的猥琐男人声音，在车厢中回荡开来。

我并不是很了解戴琳，正如她也并不是很了解我一样。我们在一次车友俱乐部组织的户外活动上相识，并很快跨过了男女之间的某些界限。她住在一面可以看到海城河，另一面看到海城河汇入的那片海湾的高档小区里，有一个两岁不到的女儿，以及始终带着她女儿住在复式楼一楼深处房间的妈妈……这些，基本上就是我所知道的她的全部。

哦，对了，她还是个神经外科医生——据说是最接近神的职业。至于这么个职业的女人，为什么能拥有这么一套房子？我想，应该是那位已不在她世界里出现的男人所给予的吧？

我将车开进了地下停车场。戴琳买的车位是子母位，我要过来的夜晚，她就会把车停到里面一点，给我留出位置来。我和之前的每一次一样，自己按开了单元的铁门，进电梯，到属于她家的楼层，用她给我的钥匙开门，进房。

也和之前的每一次一样，客厅里没亮灯，属于戴琳的妈妈与女儿的房间方向的走廊，依旧安静，宛如无人秘境。我换上拖鞋，往楼上走，二楼的过道尽头有光透过来，那是戴琳坐在床边看书抑或听音乐吧？又或者，只是给我留着的光而已。

我踏上了楼梯，尽量不发出声响来，害怕吵到楼下的老小。可就在我刚走到二楼时，我好像听到一楼有某种细微声响。我扭头往声音传来的方向看去，赫然发现，一个小小的身影，蜷在一台学步车里，正从那一楼的卧室门口抬头看我。

我没见过戴琳的女儿和她母亲，她们每次都好像故意躲避着我，似乎想要把这个家完完全全留给戴琳与我。

于是，这一刻的我愣了一下，甚至不知道应该如何做出下一步举动。就在这时，从那卧室的房门后，一个花白头发的老妇匆忙地钻了出来。她看了我一眼，又连忙低头，小声对学步车里的孩子嘀咕了一句什么，最后急匆匆地将孩子与学步车拉回了房间，并关了门。

一切，也就那么短暂的几秒而已，令还没反应过来的我，甚至觉得这一刻的所见并不真实。但……但是我在那短暂的几秒里，似乎还清晰地捕捉到了……捕捉到了……

那蜷缩在学步车里的孩子的眼睛，与普通孩子并不一样，她的眼距似乎有点宽，瞳孔很大，在微光下闪闪发亮，似乎还有点对眼。

唐氏综合征？

我再次看了那扇已经紧闭的房门一眼，那里，一丝光也没有留下，依旧安静，也依旧宛如无人秘境。或许，是我眼花吧？我没多想，转身朝戴琳的房间走去。

她卧室的门虚掩着，灯光就是从这虚掩着的门缝里透过来的。我推开门，发现房间里的戴琳歪着头靠在床边的沙发上，似乎已经睡着了。一本封面上写着《谁不是孤独，且一直到老》的书滑落在她浅色的吊带睡衣上，睡衣下面包裹着的，是一具美好且成熟的胴体，以及隐藏着诸多小小秘密的灵魂。

我感觉自己被融化了，即将融入这一瓢弱水。我转身想将门带拢时，正好瞟见卧室对面的书房里，似乎有一丝光渗出来，是还有什么电器没有关上吧？很遗憾，我是个处女座。于是，我缓步走了过去，发现确实是书房的电脑没关。

我挪了下鼠标，想要按下关机。这时，之前使用这台电脑的人所浏览的最后页面赫然出现了——“只用单纯的性爱能否留住男人的心”。

这一标题看得我有点凌乱，甚至脑海中一度出现平日里看似冷静冷漠的戴琳，蜷缩在电脑椅前盯着屏幕，思索着某些事儿时候的模样。

我关了电脑。

是的，我不想知道太多关于她的事，因为我与她之间，本也不过如此。她是一个漂亮迷人的女人，但，她比我大，还有个女儿，还有很多很多我不打算去了解的秘密。

我回到卧室，戴琳依旧熟睡着。一点多了，她等了我多久，我并不知晓。想到这里，我又深吸一口气，使自己变得理性一点。情感付出得太多，在这个时代，本就象征着即将走入被动的深渊。

我走入洗手间，将浴缸的热水放开。接着，我褪下外套，再次扭头看了看熟睡中的戴琳。我上前，小心翼翼地将蜷在沙发里的温热躯体抱起来，放到床上，并将床灯调暗，给她盖上被子。

就在我要起身时，我的脖子被搂住了。我扭头，看到灰暗灯光下戴琳那忽闪忽闪的眸子……

知道吗？这个年代里，化解孤独的成本很高。

人们都很害怕……

. 18 .

和之前一样，我还是在早上六点就起床，似乎潜意识里，总是想着赶在日出前，离开戴琳的家。又似乎凌晨之前的夜里所发生的一切，骨子里的我总是想将之否定，不管那分分秒秒中，收获到了什么，又付出了什么。

戴琳提出要和我一起出去。她说今天要去一趟殡仪馆，反正另一个同事也要开车，她自己就不开了。

我不知道她这理由是否真实。但在我，第一时间想到的却是在电脑上看到的她所浏览的页面。于是，我莫名有了一种抵触——她是否开始尝试走进我的生活与工作，进而侵蚀。但这一想法，我也不可能说出口。最终，我冲她点了点头，并早早地穿戴整齐，坐在卧室里的沙发上等她。

她简单化了个妆，然后拉开了衣柜的门。衣柜里整理得很整齐，但放眼望去，都是素色。她是一个不喜欢内心被人识破的女人——我心里暗暗给她定义着。

她挑出了一套浅灰色的套装，并当着我的面穿上。接着，她扭头喊我："晓波，帮我把拉链拉一下。"

我"嗯"了一声，上前给她把背上的拉链拉了上去。

"很少穿这套衣服，穿起来不太方便。"戴琳这么说道。言下之意我懂，不过我会装木讷，不轻易接话。可这时，她那粉嫩的脖子上，昨晚与我缠绵时的吻痕还清晰可辨。

"这拉链是有点麻烦。"我小声说道。

戴琳笑了，她这一刻的笑，较以前我所接触她时的笑要自然不少。接着，我俩一前一后往楼下走，在门口换鞋时，她还单手搭到了我的肩膀上，这样方便弯腰穿鞋。我感觉得到，这些场景，或许是这个房子里曾经的那位男主人还在的时候，戴琳每天会与他做的亲昵举动。

"妈咪……"一个小小的声响在一楼通往卧室的那个走廊位置响起了。与此同时，戴琳那本放在我肩膀上的手，如同触电般快速弹开。

她有点慌张，连忙扭头。但身后回报给她的，是快速的脚步声与房门被合拢的声音。她再扭过头来时，之前那自然的笑意荡然无存，眉目甚至有点僵硬。

"晓波，我还是开自己的车吧！"她拉开门，快步往外走去。

我没说话，跟在她身后。一直到车库，她都始终走在我前面，脚步甚至越来越快，仿佛要奔跑，又仿佛是急着逃避。最终，我一把抓住了急匆匆走向自己车的她的手，并拉开了我的车门："进去吧，我送你。"

她愣了一下，且停顿了几秒。最终，我感觉到我拉着的手恢复了与我在深夜缠绵时的柔软。

她坐在了副驾驶位上，自己系上了安全带。汽车开出了小区。清晨的海滨大桥上来往的车不多，车窗外能看到的海与天都很遥远，海天一色，天空蔚蓝。

“真是个不错的天气。”我微笑着说道。我这样的话语，会让她莫名阴郁的心情变得好起来吧。

她回报了我一个苦笑，并按下了我的车载音响，收音机里播放的早间新闻，似乎不是她喜欢的。于是，她切换到了我储存的歌……

I'm a big big girl in a big big world.

It's not a big big thing if you leave me...

“想不到你这么个年轻单身汉，还会喜欢这么小清新的歌。”戴琳将手交叉放到了腿上，身子往后靠了靠——她有所放松，或许是因为这首歌唤起了她的什么记忆。

“就这几天突然想听听而已。”我答非所问。

“不知道是昨天，还是前天，我好像在其他地方也听到过一次这首歌。”戴琳顿了顿，“以前上大学的时候，我也很喜欢。那时候，总觉得自己还是个孩子，迷恋着宽厚的肩膀与成熟男人的胸怀……”她再次顿住了，并停顿了好久。

“晓波，你知道吗？每个人都必须为自己做的每一件事负责……是每一件事。也就是只有到那一天，你才会知道，自己不再是小孩。”戴琳缓缓地说出了这么几句莫名其妙的话。

我不想接话，双手握着方向盘，默默开着车。我又一次觉得我需要换个话题了，否则，身旁这个女人更为柔软的一面，在我面前将展现得越发淋漓尽致。而这些柔软，极容易激活一个男人的保护欲与责任感。

“对了，戴琳，你这两天在哪里还听到了这首老歌啊？”这话说出口，我都觉得自己与人聊起天来，应该就属于不怎么会找话题的那种人。而真正能愉悦对话的，都是与队里的那些刑警同事。

“不记得了……”戴琳想了想，回答道。接着，她或许也感觉得到我将话题扯开的用意了，将座椅放低，不再说话。

我们很快就开到了市殡仪馆的门口。我刚想停车，视线所及，赫然是王栋那辆吉普车正停在殡仪馆的院里。

戴琳：“我在这里下就可以了。”

我却直接往里面开去：“我正好去找找我的一位同学，他在这里上班。”

“哦！”戴琳点头。

“对了，你今天来这里做什么啊？”我伸手拿了停车卡冲她问道。

“没什么，就是昨天精神病院有一个突然脑出血死亡的病人，被送到这里来了。我和昨天一起出诊的同事，总觉得他的死因有点奇怪，所以昨天从精神病院出来后，晚上我俩又聊了聊，今天就约着一起来这里再看看他的尸体。”戴琳的手指在大腿上放着的皮包上无意地弹了两下，包里应该有一些她在进行尸体检查时用的工具吧？“挺可惜的一人，患上精神病以前，也是一名医生，而且还是在北京一家大型医药研发机构里工作的医生。”

“嗯！”我点头，“那你和你的同事为什么为了这点好奇，就不去上班，跑来这里看死人呢？”

“晓波……”戴琳将身子侧过来，“有没有人给你说过，其实你在与人正常交往的时候，也始终像警察在审讯一名犯人。”

我被她这么一句说得哑口无言。事实上，这样的情况，在之前也出现过很多次，包括在与长歌一起的时候，也被他谴责过。

不得不承认，警察这个身份，不单纯是一个职业。或许，它还可以是一种烙印，烙到了人潜意识深处的一个印记。

“他猝死的原因是脑出血，这也正常。但……但是在精神病院这么个地方出现一些导致脑出血发病的情况，如情绪激动、突然用力等，就让人匪夷所思了。”戴琳没有追究我的多疑了，头扭向一边，如同自言自语一般继续说道，“脑出血，是指非外伤性脑实质内血管破裂引起的出血。这种突发疾病占全部脑卒中的20% ~ 30%，急性病死率为30%，甚至会到40%。不过，发病的主要原因与脑血管的病变相关，即与高血脂、糖尿病、高血压、血管老化、吸烟酗酒等有密切关系。通常在活动和情绪激动时发病。但是，昨天在精神病院猝死的这位病人，他每天还在接受着精神病的治疗，所吞服的药物起到的主要作用，就是控制他的情绪，令其稳定的。那么，到底是什么原因，让一个刚服用了镇静剂的精神病人突然间亢奋到脑血管爆裂？这个问题，令我和我的同事有了兴趣。难道说，脑出血也会在病患情绪稳定时出现？”

“哦！明白了。”我小声应着，并将车停到了王栋的车旁边。

“晓波……”戴琳抓起了她的包，“另外，我虽然是神经外科的主任医生，但是外聘的，并不是医院的编内人员，所以，不用像其他医生那样按时上下班的。或许，你也没在意过吧？”说完这话，她拉开了车门，率先下车了。

她这突如其来的激动，令我有点尴尬。我也跨出车门，扭头冲她笑了笑：“行了，我只是随口问问而已。”

她回了我一个应付式的微笑：“谢谢你送我过来。”

“一会儿要我送你走吗？”

“不用了！”她耸了耸肩，往殡仪馆里走去。

她的背影依旧高挑，步伐也依旧轻盈。但这一刻，我在她身后，却似乎看到了匆忙，一种想要逃避某个人、某个环境或许某种情绪的匆忙。

知道吗？戴琳，这个年代，化解孤独的成本很高。

人们都很害怕……

第七章

二十多年前，她的样子

第五名受害者被确认，入殓师送走的，是行走到终点的亡魂。二十年来，尸骨早已沉默，沉勾往事谁能记起？想得到的，苦苦寻而不见，看似峰回路转间，或是人间无数冤孽。

现代殡仪是一门新兴专业。该专业的全称是现代殡仪技术与管理，课程包括殡葬文化；殡仪服务；殡葬卫生；挽联写作；殡仪应用文；火化炉原理；制冷原理等。旨在培养熟悉国家殡葬和殡葬管理的政策法规，通晓殡葬文化，掌握殡葬基础知识和火化操作技术的人才。而且，该专业对于从业人员的心理素质培养也是非常看重的。

．19．

以上话术，都是王栋在他那独立办公室里，一本正经对我介绍的。尤其最后一句，他还故意加重了语气，彰显自己的卓越不凡。

我靠在一个窗边的沙发上，眯着眼睛听他吹嘘自己所从事的殡葬专业对社会进步起到的巨大贡献。旁边的茶几上，有着一个很精致的小刷子。我将小刷子拿起，在手里胡乱耍玩着，并不时瞟一下楼下那空荡荡的院子：“得了，你都这么牛了，一个月能赚多少钱啊？”我随口这么问道。

“各个岗位不一样，看火化炉的和做殡仪馆管理的，收入相差很大。而……”王栋开始贼笑，小眼睛挤到了鼻梁上，“而我所做的美容这个岗位吧，是收入最高的。”说到这里，他打住了，故意卖关子。

我白了他一眼：“你小子在这殡仪馆天天和死人说话，是不是和活人交流已经出现了障碍啊？说半截留半截的。”

王栋摇头，继续贼笑：“晓波，你要我怎么回答你呢？我是赚死人钱的，总不能说当月死的人多，我的工资就多这种话吧？反正呢，走工资发下来的，一年税后二十万元不到，另外还有红包什么的……”

“啥？”我瞪眼了，“走工资发下来的二十万元不到？”

“是税后。”王栋一本正经地补充了一句。

“那每个月税前岂不是两万多了？”

“差不多吧？毕竟还要扣五险一金这些。”王栋顿了顿，“你也不要大惊小怪，每年那么多填高考志愿的，又有谁会选现代殡仪呢？就算他们提前知道收入有这么高，也不会这么选吧？所以说，冷门行业就是有冷门行业的优势，竞争小，偌大一个海城市，就一家殡仪馆，垄断经营，效益怎么会差。再说，再说我好说歹说也是个技术活，还能和艺术扯上点边。把死者都给画得美美的，也不是普通人能做到的。”

我苦笑了。要知道像我这样的基层刑警，每个月各种津贴加到一起，再扣掉社保住房公积金这些，拿到手也就五六千元。有时候破了个大案，有些奖金下来，可僧多粥少，总不能说只是弄这个案子的那几个人就把这奖金分了吧？给全队摊一下，也就一人多个两三百块而已。

王栋似乎看出了我心里的不痛快，扔了根烟给我，并将他那飘扬在脑门的几根长发往后脑勺的马尾捋了捋：“晓波，每个行业都有每个行业的憋屈。你瞅我，这么高高大大一个小伙，对象都谈不到，不就是因为这个职业吗？而你，人民警察，穿着制服往外面一站，人家小姑娘都得多看几眼。咱呢？制服上印着殡仪两个字，隔条马路人们就躲远远的。至于具体工作起来啊……唉，更是一言难尽。对了，你们市局不是新接了个命案，是海城大学的女教师自杀那个吗？听说那尸体都肿得跟个气球一样了，还被你们市局给折腾了一气，下午会送到我们这里来。死者的亲戚昨晚就托人送个红包到我们科室，说给女死者弄得好看一点，毕竟人家生前挺漂亮。多亏了我们的头儿还清醒，没接那红包，早上几个人在一起还在说呢？这种巨人观女尸给谁能收拾啊？也就古老头能上了。”

“也是时候要送过来了，再放在我们市局，还真会烂在那里。”说到这儿，我想起戴琳这趟过来，不也是为了一具尸体吗？

“对了，王栋，昨天是不是有一具从精神病院送过来的死者啊？脑出血死的。”我冲他问道。

王栋点头：“有啊，分给了我，他的家属昨天就过来了，下午要在大厅办白事。本来今早上就要去给他补个妆的，市人民医院神经外科过来俩医生，说要检查点啥？所以等他们走了再去收拾，否则，你栋哥我怎么会这么有空，和你在这儿唠嗑呢？”

“那死者有什么不对劲吗？”我又问道。

“没啥啊！挺瘦的，脑子有问题的人都特能折腾，瘦也正常。不过……”他挠了挠头，“不过你这么一说，我还真觉得好像有着什么问题。”

“说说。”我催促道。

“他的脑袋很轻。嗯，也不能说轻，就是……就是……怎么说呢？人死了后，身子就软了。平时我们触摸到的活人的硬邦邦的脑袋瓜，像是个打着满满气的篮球。到死了后，篮球就变成了足球，没那么硬了。而昨天这个足球吧……不，昨天这个死者的头，反倒像是个放了气的足球。”

“脑袋很轻？放了气的足球？”我皱起了眉头，脑子里一下联想到开颅人屠那案子来。虽然自始至终也没有人告诉过我，开颅人屠案里，死者丢失的脑部组织有多少，但可以肯定的一点是，受害者的脑袋里肯定是有部分脑组织缺失的。而早上戴琳也说到，那死者是脑出血猝死的，也就是说脑部应该较正常死者来说，有积血或者充血情况，不可能反倒比正常死者的脑袋轻才对。

我站了起来：“王栋，我想看看那具尸体。”

王栋瞪眼了：“你当我们海城市殡仪馆是菜市场吗？你想看谁就看谁？并且，你自打进到我这办公室开始，就拿着我给死者打粉的刷子要玩，也不征求下我的意见？”

我连忙把手里的刷子扔下：“去，你怎么不早说？”

十分钟后，我跟在王栋身后，踏上了通往地下室的楼梯。和很多人想象的其实并不一样，殡仪馆的停尸房并不大，送进来的尸体如果不用在殡仪大厅举行追悼会的话，都不需要过夜，就直接送去了焚尸间。

王栋在负一楼的楼梯口，和值班的保安小声嘀咕了几句什么，那保安看了我一眼，转身从身后拿了一件白色大褂让我穿上。我依言套上，发现这白大褂胸口位置隐隐约约有一大团黄色的像是油脂的污渍，应该是之前留下的。尽管如此，还是令人有些许不适，很自然地将这些油渍往死人身上联想。这时，王栋也已经从自己提下来的大皮箱里扯出一件和我身上穿着的差不多的大褂套上，不同的是，他那大褂是浅蓝色的，左胸位置还真的绣着“殡仪”两个字。

“看毛！”王栋冲我瞪眼，“这就是我们的制服。”说完这话，他又拿出个像女人浴帽般的头套来，小心翼翼地把他那扎成马尾的头发塞了进去。

“栋哥就是喜欢扮帅。”一旁的那个保安咧嘴笑着说道。

“那你就给你家小姨子好好说说呗！”王栋扭头冲那保安贼笑，“怎么说跟了我也能解决个农转非，我这每个月收入多少，你小子也是有数的。”

“没办法，我那小姨子毛病多，对你这职业还是忌讳。”那保安收住了笑，正色了，“她说了，就算嫁个警察，天天担心守寡，也不嫁给入殓师，想着都瘆人。”

“就那出息。”王栋回头白了我一眼，走向了不远处那扇停尸房的大门。

我忍着没笑，跟在他身后往前。两个整天和死人打交道的家伙，一前一后迈向了死人存身的世界，一想想，这人生到处都是冷冷的幽默。

“吱吱！”那扇大门被推开了，迎向我们的，是有点刺骨的凉意和其间微弱的光。那微光来自最中间的一张好像手术台一样的台子上方，覆盖着的光源下方是一具全裸的尸体。

紧接着，我看到了戴琳，以及一位和她一样穿着白色长袍的中年男人。她俩似乎并没有听到门被推开的声音，沉迷在那具已经没有了灵魂寄居的身体里面。

“还没弄完吗？”王栋冲他们大声喊道，并按开了这太平间的大灯。瞬间，整个房间里亮堂起来，那一丝凉意似乎也消散了。

“你们做大夫的都这么省吗？我们这可不像你们医院，还要自己交电费。”王栋开着并不好笑的笑话，冲他们走去。

和戴琳一起的那个中年男医生扭头过来：“没，只开一盏灯，光覆盖的地方越少，注意力越容易集中，自然也看得越是仔细一些。”说这话时，他身边的戴琳的目光却落到了王栋身后的我身上。戴琳动了动嘴唇，似乎想说些什么，最终，她又只是对我微微地摇了下头而已。

我明白她的意思——尽管她对于在这停尸房里看到我有意外，但依旧保持着她一贯的冷静，并示意我不要在她同事面前表露我与她是相熟的。

我点了下头，不再看她了。王栋又吱声了：“你们这么个大早跑过来逮着这具尸体折腾，难不成还能把他给折腾得活过来不成？”

“王老师，我们想……”那男医生顿了顿，扭头看了身旁的戴琳一眼，“我们想，这个死者的死亡报告可能要重新做一下。”

“为啥？下午就要开追悼会了，怎么死亡报告又要重新做呢？”王栋翻白眼了。

“因为……”戴琳依旧躲避着我的眼光，“因为这个死者可能是他杀。现在，我们需要和警方联系。”

王栋眼瞪得更大了，扭头看我：“嘿，你的生意来了。”

接到我的电话十几分钟后，我们市局的同事就急匆匆地赶过来了。两辆车，李队和杨琦都来了，还有好几个专案组的同事。杨琦临进停尸房时，还小声冲我嘀咕了一句：“你浩哥一路上不住夸你，说科班生就是会来事。”

我脸有点发烫：“应该是可以和开颅人屠案并案的，那头部的伤口我看了，和之前那几起案件的一模一样。”

“嗯！”杨琦点头，提着她的工具箱大步走了进去。

这会儿，王栋还站在我身旁，瞪着他那双大眼小声说道："确实还是你们做警察的神气。"

"是吗？"我回头看了他一眼，然后跟着赶来出警的同事们身后，朝着停尸房大步走去。

死于开颅人屠手下的第五位受害者的尸体，在殡仪馆的太平间里被我们发现。受害者死亡的现场——精神病院的旧院区，也有一组同事赶了过去。死者的死亡时间，应该是在前天半夜三点左右，全身唯一的伤口就是太阳穴上方那个小小的"5"字形状的位置，而且这次开颅人屠索取走的脑部组织不少。杨琦认为，凶手应该是用一根类似于吸管一样的东西伸进受害者的脑子里面，吸取走了那一部分脑部组织。

她分析到这里的时候，另一位同事插了一句："赵医生，你用吸管这个比喻，让人觉得那变态是用嘴将受害者的脑汁给吸走了一般。"

"不排除这个可能。"杨琦面无表情地回答道，"也是因为凶手这次的粗暴摄取，令受害者脑部大出血进而死亡。嗯！凶手的整个施暴过程中，受害者应该是活着的。"

潜伏了七年的连环杀人犯开颅人屠，终于在这个秋天再次来袭。而且，他在短短的十天之内，便出手了两次。这意味着最初看似普通的一起女教师自杀案，所带出的背后真相，狰狞可怕，且又庞大复杂。套用李大队的话说就是："开颅人屠已经学聪明了，他想将自己的罪恶隐藏在若干起并不显眼的死亡案件中。"

是的，这是一个在沉寂七年的时间里，变得越发狡猾的凶手。

. 20 .

我没有和出警的同事一起走，而是选择留在了殡仪馆。因为我在这个本不该忙碌却又变得非常忙碌的上午一直在思考一个问题——那就是，因为一个极偶然的机会，开颅人屠七年后被再次发现。那么，是不是可以进一步怀疑，在这七年里，他很可能还实施过其他的罪孽，只是我们并没发现而已呢？

戴琳和她的那位同事也随警队的人一起走了。王栋站在停车场和我一起目送他们那几辆车远去后，忽然转头盯着我，露出一种奇怪的眼神来，好像要把我看透一般。

我白他一眼："栋哥，受刺激了？"

王栋笑："晓波，我听说你们刑警队还在招收编外人员，你看我合适不？我给你们做编外呗！要块头有块头，要胆识有胆识。"

"行！工资两千五，补贴八百。好好干个十年八年，以后有机会让你转个正。"我也笑了，并作势要踹他。

王栋挺灵活地避开："嘿，以前我还不觉得，刚才那会儿才发现，原来你这小子做了刑警后还挺有模有样的。对了！你不会无缘无故就留下来不走的，说吧，你还想了解些什么？"

我点头："你过来干了几年了？"

"三年多，刚毕业时在风城殡仪馆实习了大半年，后来才考进来的。"

"有没有老点的……"我顿了下，不知道应该如何称呼他这个职业，"有没有老点的师傅，在这里干这遗体化妆比较久的师傅，我想你帮我找个，随便聊几句。"

“晓波，一般人家都会叫我们老师，之前那个医院里的大夫不就是喊我王老师吗？”王栋收住笑，指着自己的大脸，“仔细看看，我们入殓师的正职也是化妆师，别师傅长师傅短的乱称呼，好说歹说我和我的同事也和艺术沾着边儿。”

“嗯！发型也像，搞艺术的都喜欢扎个马尾，显得邋遢。”我点头。

王栋也就没再贫嘴了，他朝着停车场那边看了一眼：“你运气也还算可以，古老头那辆破车也在，走，去他那里转转。”

说完，他便领着我朝着旁边的一栋小破楼走去，边走边说：“古老头是我们这里的元老，应该就是你想要找的那号人。下午你们市局要送过来的那具巨人观女尸，就是归他收拾。古老头以前在环卫局拉粪车，殡仪馆刚成立那会儿，没人愿意过来，古老头说来去都是脏东西，不如选个没那么恶心的，便调来了这里。他姐那时候在国营新民理发店上班，老馆长寻思着古老头的亲姐是个理发师，那他也总算是和美发美容挂上点边的角色，便要古老头做了入殓师。古老头刚开始还骂骂咧咧，说老馆长把看焚尸炉的轻松活留给了别人，脏活给了自己。后来干了几个月，发现收的死者亲属的红包还挺多，便没再吱声了，还开始钻研。二十几年下来，不管死成啥样的尸体，往他跟前一搁，三十分钟准弄得白里透红，干干净净。”

他说出“白里透红”这四个字的时候，我脑海中浮现出电影里看到的那种惨白惨白挂着两个红脸蛋的死人模样。确实，谁会对如王栋他们一样的入殓师的化妆水平，抱有多美好的企盼呢？

王栋继续着：“所以说啊，这古老头，就是我们市殡仪馆的一块宝。我刚到这边来的时候，跟的师傅也就是他，学校里教的那些，很多都只能说说，真正开始在那张化妆台前上手，各种匪夷所思的死法应有尽有，便只有这种行业里的老师傅才有办法。”

我“嗯”了一声，算是回应他的热情。这时，我莫名想起了老丁，也想起了冯法医。他们，不正是这一刻王栋说的各个行业里的老师傅吗？至此，我对即将看到的这位姓古的老人殓师，心存期待了。我跟着王栋跨进了一栋小楼房，这里似乎太过破旧了，和不远处那几栋新建的殡仪馆大楼大相径庭。

我随口问道：“既然说得这么厉害，这古老头为什么被扔在这么个破楼里待着呢？”

“老头吗，总有些毛病，你想想，一个半辈子都和死人打交道的人，能不古怪吗？”王栋边说边往楼梯间走，“他不肯搬到新楼去，说自己要退休了，要离开殡仪馆了，送过了那么多人，都算是有过缘分的朋友，万一人家想回来瞅瞅，寻不到他了，也会失落。”

“确实挺多毛病的。”我竟然又想起了长歌带我去见的那位小学老师，似乎他也说过差不多的话。不同的是，老师送走的都是刚走上人生征途的少年人，而这古老头送走的是行到终点的亡魂。

正聊着，二楼走廊那头就有人喊话了：“王栋你小子又在说你师傅的闲话！”

我循声望去，只见一个矮小的老头站在最里面的一间办公室门口，叼着烟冲我前面的王栋笑。王栋连忙点头：“哎，师傅，我怎么敢说您的不是呢？这位是市局刑警队的夏警官，我同学。他听说我们馆里有你这么号神人，硬要来见识见识。”

“神人？”我在他身后小声嘀咕道，“怎么又变神人了？”

“我不是还没给你介绍完他吗？你急什么呢？”王栋回头冲我笑，并加快了步子。

这古老头倒也和善，递了根烟给我，招呼我和王栋进他办公室里聊。还别说，老头的办公室一百多平方米，装修虽然旧，但也还算气派，尤其是靠墙那一整排书柜格外显眼，上面整齐放着的，却不像书，厚厚的大本本，书脊上也没字。

“也不知道王栋这小家伙给你说了些啥，骗得你上来我这里，来来！我正好弄了点好茶，先喝一泡。”古老头招呼我坐下，并开始折腾他那偌大茶几上的一套精致的工夫茶具。

“别看了，这以前是馆长的办公室。搬新楼后，这边没几个人了，就让给了老古。再说，老古的书架也越来越多了，没有这么大个房间，也摆不下来。”王栋冲盯着书架的我说道。

“古老师喜欢看书？”我坐下，将古老头递给我的烟点上。

古老头摇头：“一辈子也没看几本书……”说到这里，他可能意识到我为什么这么发问了，便冲那书柜努了努嘴，“你说的是那一大堆玩意儿吧？嘿，不是书，那是相册。”

“相册？”我纳闷了。

“对啊！相册。”王栋话多，自然不会落下这么个插嘴的机会，“要不怎么说我师傅是个神人呢？每年市殡仪馆里烧那么多人，有模有样有东西留下的，占了绝大部分。但总也有些没名没姓，也没人记挂的。古老头，哦，不，古老师呢，就给所有经手过的有名儿没名儿的，都拍了照片，一一整理好，说是日后万一有人找来了，也知道他们牵挂着的人，是在哪个炉子里走的，也算有个交代。”

“没名没姓的？没名没姓的不应该都是首先交给警方才对吗？”我越发迷糊了。

“也不。”古老头边说边给我倒了杯茶，“福利机构每年总会送来些马路上冻死饿死的，医院也总有一些被扔在那里死了后亲人都没了影的，还有社工组织也时不时寻出一两具老死在家里的老头老太。唉，以前人们都穷，有这些没名没姓的尸体送过来，也说得过去，养不起也埋不起。倒是这几年，人们都有钱了，富裕了，没名没姓的尸体却是一年比一年多了起来，也不知道是不是这日子过得好了，人和人之间反而疏远了，没有以前那么在乎身边人的生死了的缘故。”

古老头说这番话的时候，很随意，也很平静。但这一字一句听到我耳里，却莫名其妙生出了一种畏惧，对本应该隆重的生死演变成了冷漠的儿戏后的畏惧，对他话里溢出的人与人之间距离越来越远的畏惧。紧接着，一个可怕的想法随之跳了出来。

“古老师，您……您……”我在犹豫是不是要问出这话儿来。“古老师，这几年里，有没有二十岁左右，又长得好看的无名女尸被送过来呢？”

古老头想都没想就径直答了句：“有啊，七年前就有过一具长得好看的女尸，是被人在水库里捞起来的，有好几个目击者都亲眼瞅见是她自己寻的短见。当时好像还登过报纸，但也没个亲人来收尸，放在太平间里有一个多星期，馆里出钱给烧掉的。”说完这话，他还摇了摇头，“也不是馆里掏钱，这钱还不是国家给出。”

我倒抽了一口凉气：“有……有她当时的相片吗？”

. 21 .

看着古老头在那一整排没有标注的书架上找七年前的相册那会儿，我一度拿出了手机，下意识地翻到了邵长歌的号码，但紧接着，我如同被突然打醒一般回过神来。

不可能真这么巧，也不可能就这么瞎猫抓死耗子一般找到林珑的。

结果也在我意料之中，那张遗留在古老头相册里的、没有了血色的脸庞，并不是我以为会看到的林珑。于是，我暗地里舒了口气，或者，我还是应该回到自己之所以要见老入殓师的初衷了。

“古老师，今天早上我听王栋说，死人的脑袋都挺沉的。而我们今天在殡仪馆里发现了一具疑似被人谋杀的死者尸体，脑部组织有缺失。王栋说他在前一晚就觉得这尸体有点不对，脑袋瓜比别人的轻。所以，我想过来问问你，这种情况之前有过吗？”说到这里，我又顿了顿，不知道自己这样的表述能不能将我要询问的事由说清楚，毕竟像手感这种东西，是因人而异的，不一定其他入殓师都像王栋一样，会要留意死者脑袋瓜的轻重。

“我明白你想打听什么了。”老头笑了，“你也不是第一个跑来我这里打听消息的刑警。你们这些初出茅庐的年轻警察啊，都特想做点事，最好是每天都有个大案要案发生，然后被你们火线出击成功侦破。但实际上，又哪有这么多凶案发生呢？就算有，送到我们这里来的，十个也有七八个是已经被破了的。剩下两个没破的，凶手最终不也是被你们给逮了吗？你们刑警的口号叫啥来着？命案……命案……”他挠了挠头，后面半句挤不出来了。

“命案必破。”我为他把这后半句补上了，并有点小小的失落。而我的手，落在了古老头翻出来的有那张无名女尸相片的相册上，随意翻动了起来。呈现在眼前的，是若干张曾经在这人世间嬉笑怒骂过的脸庞，最后，他们都一一归于宁静，停留在这本相册中了。

冷不丁的，一张完全扭曲的脸，在我又一次翻页后第一时间跳入我的视线。应该是女人，因为有齐脖的短发。但整张脸，却明显是裂开成好几块后又被拼凑到一起的，口鼻也都模糊，只是几个狰狞的坑而已。至于那合拢的眼帘里，眼珠是肯定已不在了的，扁扁的，如同冒出一个蓄谋多年的气泡后黏糊糊沼泽中的深坑。而在这一页的最上角，贴了张白色的字条，上面写着“无名”两个字。这两个字的下面一排，有一串一看就知道是死亡日期的数字——19991121。

“咦，古老师，这个也是没人认领的吗？”我指着这张相片对又点上一支烟的老头问道。

“是。”他点头，并紧接着拍了下脑袋，“嘿嘿，别说，这个女人应该也是你说的那么个年岁，不过她当时整个脑袋瓜都摔得稀巴烂了，所以也分不出没死之前究竟长得啥样？”

“摔得稀巴烂？坠楼的？”我又问道。

老头摇头：“比坠楼可厉害多了，大清早从海城大桥上往下跳，下面正好有个载着游客上入海口看日出的游轮经过。这死者脸朝下直接摔在了那游轮的甲板上，整个脑袋像颗鸡蛋般摔得四分五裂，那整船本来高高兴兴出来玩的游客，都被吓迷糊了。”

“也是自杀？也是没人认领尸体？”

古老头：“嗯！而且这姑娘应该是因为感情的事儿自杀的，一尸两命，肚子里还有个四个月大的孩子。”

他说这话的时候，我那本已经放下的心，又一次被揪紧了。我再次死死盯着相片看，企图在那张被缝补起来的脸上尚且完整的部位，找出某些痕迹，来证明并不是我要找的人儿。这时，王栋也凑了过来：“怎么？摔成这样，还能找出什么重要线索吗？”

我摇头：“王栋，你记得林珑吗？”

“记得，邵长歌以前的那个女友，不是听说她在长歌去美国后就不见了吗？长歌这次回来还想再找……”说到这里，他好像意识到了什么，话语戛然而止，嘴却没法合拢了，“晓波，你的意思是这个无名死者……”

说到这儿，他从我手里将相册拉了过去，死死盯上。半晌，他抬头，脸色变得有点难看了：“晓波，这……这死者真有点像她。”

我的心继续往下沉，仿佛有千斤万斤，甚至令我分辨死者照片上是否有林珑长相特点的能力也开始弱化。我再次按下手机，屏幕上是之前翻出来的长歌的号码。

我拨了过去。

“喂！有空吗？”

“刚下课。”邵长歌应着。

“你和林珑发生过关系吗？”我很直白地问道。

“晓波，你怎么了？”

我加快了语速：“你是7月去的美国，没错吧？在你去美国前，有没有和林珑发生过关系？我想知道的是，没有采取避孕措施而发生关系。”

长歌愣了，但紧接着他应该也意识到我之所以这样问，是有缘由的。于是，他也直截了当地回答道：“有过，就是我出国前几天……”

我打断了他：“我在殡仪馆。”

“王栋那里？”

“是！”我顿了顿，“长歌，你过来一趟吧？”

“到底是发生了什么事？”长歌追问。

我咬了咬牙，并深吸了一口气。手里这张相片上的女死者自杀的时候，有着4个月的身孕。而她死亡的日期，正是11月，也就是邵长歌出国后的第四个月。

“长歌，你带张林珑的照片过来一趟。”

那边瞬间变得没有了一丝声响。短暂又漫长的几秒后，长歌的声音再次传来：“我，我很快就到。”

古老头似乎看出我们有着某些心事，但我们不说，他也不问。于是，在等邵长歌赶过来的那半个小时里，房间里弥漫着一种略为尴尬的沉默。那沉默中，我莫名地觉得有点冷，就是上午在太平间里感受到的那种冷。而这凉意的来源，似乎正是我手里这收拢了无名亡者的厚厚相册。

王栋很快就从停车场将邵长歌接了上来。他们经过走廊的脚步声很急，好像在小跑一般。王栋在路上可能也和他说了什么吧？所以他进来后第一时间就走到我面前，蹲下，拿过了那本相册……

他本苍白的脸色，在那短短几秒内有所恢复。最终，他长长地吐了一口气。

“不是林珑。”他抬起头来望向我。与此同时，他留意到房间里还有另一个人，并连忙冲古老头微微点头：“你好！”

正叼着烟的古老头有点猝不及防：“你也好，你也好！”

长歌微微笑了，坐到了我旁边重复了一句：“不是林珑。嗯，还好，还好。”

“林珑的相片带了吧？”我径自问道。

“带了。”长歌连忙从西装口袋里掏出一张过塑的照片来，“她大一时候照的。”

我接过相片。相片里的林珑，靠着一棵梧桐树站着，歪着头，脸上挂着微笑，眼神中满满的，都是浓浓的爱意，隔着照片都溢了出来。

“你给她照的吧？”我问道。

“是。”长歌回答。

“古老师，你给看看，这些年里有没有经手过这么一个姑娘？”我将照片递到坐在我身边的古老头手里。

“你们真把我当成奈何桥上的送路人吗？不是这个城市中每一个死去的人，都会在我手里过的。”他嘴里这么说着，但还是掐灭了手里的烟，接过了相片。他将手伸长，让相片距离自己眼睛更远一点，应该是老花眼，距离远才能看清楚。

他没有第一时间否定，像想起了什么，将照片放下，伸手去旁边的台子上，将一个小小的眼镜盒拿了过来。

“不会吧？”他自言自语着，并一边将眼镜盒里的老花镜戴上，然后再次拿起那张相片，“嗯……”他点了点头，但紧接着，又摇了摇头。

“什么情况啊？”王栋有点猴急了。

“长得好像！”古老头终于放下了相片，“真的长得好像。”

“老古，怎么和你说话越来越累了呢？”王栋抢白，“有啥赶紧说？”

“和我以前的一个朋友长得很像，好像一个模子刻出来的。”古老头笑着摘下了眼镜，“不过，那姑娘死了已经有二十几年了。”

“哦。”王栋耸了耸肩，“这照片是七年前照的，你说的那位朋友，现在应该也有你的岁数了才对。”说完这话，他站了起来，对这场最终不过是一惊一乍的谈话，失去了兴趣。

我也点上了烟，将头望向那排书架，寻思着或许每一个亡人背后，都有着诸多故事，每一个也都跌宕起伏，只是我们不知晓罢了。

长歌却往前倾了倾身体：“这位老师傅，您刚才说的那位和相片里姑娘很像的人是谁啊？”

古老头笑：“叫莫莉，一个很漂亮的姑娘，以前市文化宫里拉大提琴的。嗨！当时追她的小伙能从这里排队到市政府大楼去，包括省里都有高干子弟是她的追求者。”

“你就瞎说吧！”王栋回过头来咧着嘴乐，“人家没事还会跑到我们殡仪馆来排队？也不嫌晦气。”

古老头白他一眼：“我这是比喻。”

长歌轻咳了一下：“老师傅，这莫莉现在还在海城市吗？”

古老头摇头：“不在了，早不在了，人都不在了。唉，也是冤孽啊！”

“冤孽？”长歌重复着这两个字。

古老头点头道：“莫莉结婚后，有一次和老公吵架，也不知道是闹了些啥，失手将她老公给杀了。要搁在现在，调查走访下来，她们小两口那么恩爱，怎么会是故意的呢？但当时……”古老头顿了顿，“嗨，当时正赶上 1983 年严打。电力局院里一个半大小子抢了别人三毛五分钱都给毙了，还别说莫莉这种是真真实实犯了命案的。”

“这莫莉有孩子没？”长歌这句问话让我一下转过了头来。既然长得和林珑酷似的莫莉与她丈夫都死了，那他们的孩子，岂不是要送到……

“好像……好像有吧？”古老头挠头了，“又好像没有。”

王栋又着急了：“你不是说这莫莉是你朋友吗？怎么连人家有没有孩子都不知道呢？”

古老头咧嘴笑了：“是朋友啊！那年月，街面上天天走动的人，又有谁不认识谁呢？我那时候还天天早上拉个粪车满大街去摇铃……对了，这不是有位警官在吗？要他回他们局里查一下不就可以了吗？”

长歌便径直扭头看向我：“方便吗？”

我摇头："二三十年前的案子，那时候又没电脑，资料都是白纸黑字记在纸上，况且还已经结案了。长歌，我不可能因为要帮你找回前女友，去档案馆里翻已经封好了的卷宗吧？"

"可是……"长歌从桌上拿起了林珑的相片，"可是老师傅说的这位叫作莫莉的女人，如果有孩子留下来，很有可能被送进了孤儿院。也就是说，那孩子也很有可能就是林珑啊！"

"长歌。"我将他的话打断，"你到底是想找林珑，还是想找出属于林珑的一切。"

"或许，林珑还有其他亲人，是我们不知道的呢？或许……或许她现在只是搬去了她的亲人所在的城市去了呢？"邵长歌的眼神中闪出期盼，甚至还带着乞求。

我站起来，说："长歌，我是你的好朋友，但不代表着因为是你的好朋友，就必须滥用我的职权，帮你扯你那情情爱爱事儿中纠缠着的乱麻。况且，我已经为找林珑这事做了不少了。"

"晓波，你这是说啥呢？"王栋也连忙站了起来，打着圆场。他将手搭到我肩膀上，"长歌不是把你当兄弟吗？能帮就帮，不能帮也没什么的，不是吗？"

长歌被我抢白后，脸色也不好看了。他扭头，不敢看我了："晓波，那……那……那这些天辛苦你了。"

他这么一说，我反倒觉得自己的反应有点过了。但或许是这几天里太多的事堆在一起的缘故，好像胸口始终有团东西堵着，无法疏通。最终，我转身朝门口走去，并留下一句："我试试吧！查到什么我给你打电话。"

说完这话，我人已经到了走廊。王栋从后面追了上来："晓波，你看你，这都是干啥？留下，中午我请大伙……哦，不行，一会还要收拾一具尸体。要不晚上……晚上一起吃饭。”

“我看情况吧？”我随口应付着，继续往前走。

“晓波，晚上一起吃饭吧？”邵长歌在我身后也说话了。他努力装作没发生什么不愉快的事一般，大声说着：“前两天就答应要请你吃饭的。”

我回头了，冲他们挤出笑来：“看情况吧，我怕下午有事。能确定的话，我到时候给你们打电话。”

他俩点头，我往楼下大步走去。

第八章

生命太短，明日何在

有间歇性精神病的美丽母亲，装着尸体的大提琴箱，那个满身是血的沉默男孩。回不去的原点，不可见的终点，生存，往往比命运更残酷，你认输了吗?

刑警，即刑事警察，工作内容是刑事侦查工作，包括分析、研究刑事犯罪情况；组织、协调侦破一般、重大、特大刑事案件；承担案件痕迹和物证提取、检验、鉴定；承担辖区内的禁毒、反黑、反恐工作；承担辖区内的经济犯罪侦查防范工作；承担涉外刑事案件、对外警务的联络和接洽。狭义的刑警是指刑警队的警察，广义的还包括经侦队、缉毒队等。

. 22 .

其实，我并不是没有办法查这么一起二十几年前的案子。实际上，我刚将车开出殡仪馆的大门，脑子里就有了打探这位莫莉案子的法子。

我打电话给老丁。他一直是干刑侦的，又喜欢钻研，或许会对这起命案有印象。

蓝牙连接着车载音响，于是，那一串“嘟嘟”声，在封闭的车内空间里回荡开来。

“喂，晓波吗？”老丁的声音在那头响起。

“嗯。”

还没等到我说话，那头的老丁便继续了：“是不是局里又有什么重要的事情，需要我帮忙啊？”

我笑了，想着这一会儿在老丁身旁，他媳妇一定横眉瞪眼地站着。

"是，是，有一起二十几年前的案子，需要找你打听点儿情况。"

"我就说了吧，没有特别紧急的事情，局里也不会给我打电话。"老丁这几句话明显是说给他身边的人听的。紧接着，他的声音再次清晰起来，"行吧，你现在就过来接我呗！"

我反倒愣住了，本来我还想回一趟局里，了解一下今天发现的第五个开颅人屠案受害者的详情。这回倒好，给他打个电话，就要拐弯往大学城那边跑一趟。

我的停顿，令老丁嗅出了什么异常来。他的声音更加洪亮起来，自顾自地说道："哦，行！行！大伙盯紧现场，不用专程派人过来接我，我自己赶过来就是了。"

我的嘴都合不拢了："呵，得了，还是我过去接你吧！"

"成！"老丁倒是爽快，"十分钟后，在我家小区门口见。"

说完这话，他便挂了线。看来，这退休后的生活，对于一位半辈子都风风雨雨过活的刑警来说，是无聊到何种程度的煎熬啊！

我摇头，将车朝着大学城的方向开去。

我和老丁在一家比较偏僻的小饭店的角落里坐下。他也没闲着，第一时间抓起了我放在桌上的香烟，嘴里还念叨着："以前在队里，三百六十五天有三百六十天在忙，我家老太婆半辈子一个人顾着家，也没什么抱怨。现在我退休了，天天待家里守着，她居然变了个人似的，盯我盯得比以前我们盯犯人都紧。"

"嫂子稀罕你，才会这样。"我给他把烟点上，笑着说道。

"那倒也是。"老丁乐了，"怎么了，那开颅人屠的案子，又有什么新进展了？"

我点头："确实有了些进展，不过……不过现在也还只是侦查阶段。"

我说到这里就打住了，老丁自己是刑侦队伍出身，自然也明白规定，不会再问。但他还是探头过来："晓波，需要我帮什么，你尽管吭声。"

"倒不是关于这个案子的，而是……"我犹豫了一下，最终还是开口了，"而是想找你打听1983年严打时候的一个案子。"

"1983年？"老丁瞪大了眼睛，"你自己回去查卷宗呗！你丁哥我虽然有足够多的智慧，但也不是个移动硬盘。再说了，1983年那一年，我还只是刚调进市局，忙得跟孙子似的。就算是我自己经手过的案子，也不一定每一桩都记得清楚的。"

"是一起命案，凶手是个女的。"我直截了当地说道。

"哦！罪犯是女人的命案，那一年确实不多，好像全市也就三起，其中还有一起是个外地女人跑过来杀了人之后又跑回外省的，属于流窜作案。"老丁一本正经起来，"你说说，你想问的是哪一起？可能我还真记得。"

"莫莉。"我吐出了这两个字。

"莫莉？市文化宫的莫莉？"老丁瞪大眼，"那个女精神病人？"

"女精神病人？"我也愣了。

"是啊。"老丁点头，"她有间歇性精神病的，不是很严重。不过，案发时候肯定有发病的，否则怎么会舍得把自己的丈夫活活砍死呢？唉，惨啊，那案子惨啊。"

"给详细说说吧！"我被老丁这番话提起了兴趣，伸手帮他点上了第二支烟。

"我记得当时刚过完中秋没几天，报案人是香粉街做豆腐的老崔媳妇，说瞅见莫莉背着那个大提琴箱，牵着她的孩子，在大街上走。接报案的人是孙长根，就后来调去虎丘山派出所做所长，虎丘山闹山洪时去救人被埋了的那位。当时孙长根也就二十多岁，伸着他那条长脖子冲老崔的媳妇说：‘没毛病啊！人家背着琴箱牵孩子上街不违法，你硬是要挑刺，也是应该找交通部门才对。’谁知道那老崔媳妇‘哇’一下就哭了，说大提琴箱往下渗着血，那莫莉一路走，血就一路洒着。至于那孩子，也一身是血，好像是从血水池子里捞起来的，眼睛直着，估计是被吓傻了，都没声了，被老娘牵着那么一步步往前迈。”

老丁叹了口气：“孙长根后来有次喝酒专门给我说过这事，他们两台三轮摩托火急火燎赶过去，在霸下桥那位置截住了莫莉。对了，那次出警，汪局当时好像还去了来着。唉，那莫莉啊，很漂亮一姑娘，穿着那时候最时髦的黑色大衣。被按住的时候，她也没反抗，嘴里念叨着‘好了，好了，送你走了’这么一句。接着，出警的兄弟把那个大提琴箱从她背上拿下来，很沉，也不知道这女人是怎么扛着走一路的。打开那大提琴箱的瞬间，莫莉的那个娃娃终于‘哇’的一声哭了出来。只见莫莉丈夫上半身塞在那琴箱里，腰以下的部位都不见了。被切开的胸腔位置，内脏都散了出来，流得到处都是。”

“能确定是莫莉杀的吗？”我没忍住问了一句。

“确定。”老丁点头，“逮住她的时候，她还有点不清醒。被关到局里后，她就明白了过来，说是自己发了病，失手把她丈夫杀了。而且还说得有板有眼，是臆想起来，以为丈夫是一棵拦在她家门口的树，只能锯掉搬走，才不影响她们家正常进出。”

我咬了下嘴唇：“可……可这不是精神病人犯案吗？是要送精神病院的啊，怎么最后又给枪毙了呢？”

老丁苦笑："晓波，当时是1983年，严打。再说……再说我们必须承认的一点是，法制的健全，是随着社会进步而不断完善的。在当时，我们并没有专业的人员，也没有专业的仪器来准确地分辨罪犯杀人时，是否真的是精神病人。我们唯一能够肯定的是，莫莉，市文化宫拉大提琴的莫莉，她杀人了。而且，手法极其凶残，社会影响极其恶劣。"

"我明白了。"我也苦笑了一下，"对了，老丁，你刚才不是说莫莉还牵着孩子吗？那孩子后来去哪里了？"

老丁答："还能去哪里呢？不是被亲戚接走了，就是送社会福利院呗。咦，我想想，好像是送了社会福利院。因为莫莉和她丈夫的亲戚都不敢要那孩子，说那孩子经历了那一场变故，小脑袋里不知道会有些啥。"

"那孩子叫什么你知道吗？"我问出这句话后，自己也觉得这话问得有点不着边了，老丁也不可能回答得出。于是，我又连忙补上了一句，"那孩子当时大概多大？"

"也就两三岁吧？反正还不怎么会说话。"老丁想了想，"男孩学说话都晚，我那小外孙女才两岁就牙尖嘴利了。"

我打断了他："老丁，你是说，莫莉的孩子是个男孩？"

"是男孩，没错啊！后来在孤儿院也没待多久，就被人收养走了。"老丁看我，"怎么了，难道你还知道她孩子的什么事？"

"没有，我只是问问。"我微微笑，但还是不死心，"她只有一个孩子吗？"

"我怎么会知道呢？就算我知道，也不一定会记得这么久的啊……"说到这里，他好像突然想起了什么，抬手挠了挠头，"你等等，我给想想。"

他顿了几秒："只会有一个。因为莫莉是公职人员，她老公也是学校老师。他们生孩子时候，正是刚开始抓计划生育的那两年。公职人员，如果生二胎，要被开除的。况且，莫莉和她丈夫也都属于那年代里挺新潮的人儿，应该不会有什么多生几个孩子是福的陈旧观念才对。对，应该只有一个。"他最后语气有点重，当日那热忱于推理分析的老刑警又回来了。

我点头，暗地里寻思着，如果莫莉的孩子当时只有两三岁的话，那么和我的年岁相仿。我记得我们那一届的孩子中间，独生子女占了百分之九十以上。尤其是市区家庭的，基本上全是独生子女。

那么，也就是说，一位在 1983 年砍死了丈夫，被枪毙，且有着与林珑极其酷似容貌的女人这一条线索，也至此戛然而止。这时，饭菜也上来了，老丁抓起筷子，冲我笑了笑："我知道的关于莫莉案子的事，算全部告诉你了。至于你为什么跑来打听这案子的缘由，嘿！你能不能也透露一点点给我知道，也算让我这老刑侦止止痒。"

我也抓起了筷子，回报了他一个笑："老丁，打听这案子，还真不是公务。而是我一个朋友寻访一位故人，正好查到了这事而已。"

"哦。"老丁有点失望，夹了块扣肉塞进嘴里，"对了，说起莫莉这案子，我还一下想起了她那惨死了的丈夫来——中学语文老师，不过会写诗，当时可有名了。名字叫……叫什么来着？"

我不由自主吱声道："是不是姓林？"

"啥林？"老丁显然对我打断他的思绪很不满，白了我一眼道，"叫闰土，哦，不，闰土是鲁迅小说里的人。叫……叫润生，对，就是叫润生，诗人润生。"

"润生？"我重复了一下这两个字。很明显，这名字是个笔名，"那，这笔名并不妨碍这位诗人姓林啊？”

“我怎么会知道呢？”老丁咽下嘴里的大肥肉，又狠狠地抽了一口烟，一副世界我有的表情，“你真要知道，我可以问下我媳妇，她年轻时候可文艺了，也写诗什么的，或许，她知道这位叫润生的诗人姓什么。”

“赶紧问问。”我骨子里也还是一根筋，有个啥事总想刨根问底。

“好吧！”老丁拿起了电话，拨了出去。

“喂！老太婆，给你打听个事。”他的表情似乎在对方按下接听键的一刻，便弥漫上了温情，“以前那个死了的叫作润生的诗人……对，对，就是海城中学教书的那个诗人，他真名叫什么啊？”

他顿了顿：“哦，景润生。那也就是说他的笔名其实就是他真名咯。咦，老太婆，都过了这么多年，人家叫什么名字你怎么还记得这么清楚啊？”

话筒那边瞬间闹腾起来，老丁的脸也立马青一块紫一块，并不迭点头，好像对方就在眼前：“你看你，老夫老妻了，我不是随口问问嘛？难不成我还会吃醋不成……好了，我忙完就回来了……在现场呢？没太多事，一会就回来……放心，没抽烟……真没抽……”

他啰唆了一气，最终挂了电话，并长舒了一口气，抬起手，又抽了一口烟：“问到了，润生就是他真名，姓景，叫景润生。”

“景润生。”我点头，也就是说，企盼从二十几年前死去的那位叫作莫莉的女人身上查出关于林珑的什么事的可能性，彻底归零。

景润生……

景润生……

但不知道为什么，我对于这个名字，却似乎有着某种印象，好像这几天里发生的某个事件的碎片当中出现过这么个姓氏，这么个名字一般。

最终，我没能将思想中可能存在的这一碎片捕捉得到。又或者，只是我潜意识的深处，有过对于这个名字的某些记忆吧？

我收住了思想，给老丁的杯子倒上了满满一杯啤酒……

. 23 .

将老丁送回大学城后，我回市局是要经过学院路的。

从学院路前面那条街拐过弯，我就瞅见了两辆局里的车停在冷冷清清的学院路上。具体来说，是停在市精神病院门口。再一瞅车牌，是我们刑警队的车。

我连忙将车开了过去，和他们的车停到了一起。我记得早上队里的同事说，当时就有另一组同事来了市精神病院。而去到市殡仪馆的同事，上午就收队了，想不到来这里的那一组人，现在都还在。

我关上车门，大踏步往精神病院敞开的铁门里走。冷不丁，旁边钻出个穿着灰色制服的老头来："站住，干什么的？"

我扭头看他，应该是这里的保安，看那年纪，应该说是传达大爷才对，只是穿了套保安制服。头上的大盖帽戴歪了，像是电视剧里的伪军军官。

"市局刑警队的。"我将证件对他亮了一下。

老头倒也挺变通的，压根就没拿正眼看我的证件上写着啥，表情一下变成了自己人，快步凑近我身边："这案子恐怕还另有蹊跷。"

我本往前迈动的步子一下收住了，转过身来说："这位大爷，你的意思是你有其他的发现不成？"

"嗯！"他点头，小眼睛左右看了看，"之前我想拉你们一个同事私底下聊聊，可你们的人只惦记着那死鬼的病房，都看不明白我做的暗示。"

我懵了："什么暗示？你对我的同事们做暗示干吗？"

老头似乎为我的智商很是头疼，一副恨铁不成钢的表情。他又一次左右看了看，然后伸出右手食指，对我勾了勾。接着，他一扭头，往精神病院侧面的一个小房子里快步走去。

我寻思着那里应该就是他的办公地点——传达室才对，便跟了上去。在那小房子门上，赫然写着"保安中心"四个字。透过这保安中心敞开的房门，我瞅见里面摆着一张办公台和一把办公椅，以及地上堆着的几个快递包裹。

"我姓邓，叫邓志宏，名字的意思就是志向很宏大来着。"这位姓邓的大爷将自己的大盖帽摘了下来，并关上了"保安中心"的房门，"我是这里的保安部经理……哦，是主任。"他又停顿了一下，"应该说是部长才对。"

我对于与他之后的对话开始担忧起来，正好一抬头，看到他身后的墙上贴着"让每一个精神病患者都早日回家"的大红字，又一下豁然了。这里是精神病院，每天对着那群脑海中无比混乱的人，想要保持清醒，或许也有些费劲吧？

我挤出微笑来："那……那邓部长，你为什么非得要拉着我，偷偷摸摸来这小房间里说话啊？"

"嘘！"邓部长表情越发肃穆，声音压低了，"小伙子，你没觉得我们这医院里有古怪吗？"

我哭笑不得，不知道如何接话，"我姓夏，你可以叫我晓波。"

“好！晓波警官，你有没有觉得我们这医院，好像被人二十四小时监控着？”

他这句明显混乱的话语，却让我整个后背瞬间爬满了鸡皮疙瘩。因为这几天里，我在邵长歌的家门口，不止一次感觉到被某一双眼睛在背后死死地盯着。只是，这种完全因为感觉而产生的狐疑，我也不可能说出口。因为我是警察，一个需要用实证来论证所有问题的职业。

我迎合着他，也压低了声音：“可以说得具体一点吗？”

邓部长的声音更低了：“我在这院子待了十几年了，以前可没这种感觉，也就近几年里，这被人监控着的感觉越来越明显。我呢，也有看新闻，新闻里说啊，现在坏人用的那些设备很离谱的，就一纽扣大小……”他边说边伸出手来，比画了一个硬币大小，“就这么大的一个玩意儿，就能偷听到方圆一两公里以内所有人的说话……”

我越发尴尬了，甚至想着要不要结束这段聊天：“老邓，您多大了？”

“六十二岁啊！”他并不介意我打断了他的精彩分析，“怎么了？”

“哦。”我点头，“是这样的。人到了一定年纪后，产生一些幻听或者幻觉，都是很正常的。”

“你看，怎么你们都不信我呢？”邓部长着急了，“之前我给院里提，他们都说我年纪大了。可今天不是院里出了命案吗？上午你们市局的人过来时，我都打听到了，是有人跑进了病房弄死了病人，这还不能证明我所说的话吗？再说……再说……”他打住了，似乎到了嗓子眼里的某句话，被他生生咽了回去。

“说吧，如果需要保密的，我也会帮你保密。”我边说边往外看了看，实际上，这一刻的我也没指望能听到什么有建设性的新发现了。

“嘿！我就直说了吧。”邓部长咬了咬牙，“是这样的，我呢，也承认自己这几年里会时不时犯些迷糊，忘记锁门什么的，尤其是我们精神病院那扇后门，本来就很少用。可是呢，有好几次我上午巡查的时候，发现那扇门锁上了。嗯，也不该说是锁上了，只是被带拢了……我的意思是被人从外面带拢了，不是被我。”

“也可能是你自己把门带拢了又忘记了吧？”我继续看着外面那栋精神病院的灰色楼房说道。

“绝对不是我自己带拢的。”老头声音大了，“这位警官，我参加过越战的，侦察兵出身。以前养成的习惯，就是关门留首尾，这样别人是否动过门，我都会心里有数。院里也只有那扇后门比较偏僻，所以我每次关门，都会做个小手脚，心里能有个数。”

我深吸了一口气，回过头来：“邓部长，如果……我是说如果，您不能够提供某些有真凭实据的东西，来为你的猜想做支持的话，那么，我们这次谈话也就只能到此为止了。”说完这话，我转身准备走出这保安中心。

可身后的老头似乎还是没死心：“要不，要不你留个电话给我，我逮到证据了，就打给你成不？”

我耸了耸肩，看到旁边那办公台上有笔纸，便抓起笔，将自己的名字和电话号码写了上去：“好了，如果你有什么新的发现，再给我打电话吧！”末了，我又觉得好像有什么不妥，补上了一句，“必须是有真凭实据的发现。”

老头拿起写着我号码的纸点头道：“成！”接着，他看着我写在纸上的字讪笑起来：“嘿！还真叫夏晓波，你应该有个哥哥叫夏大波吧？”

我不知道应该如何迎合他的幽默，假装没听见，往外走去。

我刚出这保安中心的门，就看见从精神病院那栋楼大门处，几个高大的人影快步走了出来，最前面的居然是李俊，身后跟着的几个，也都是专案组的几位同事。

“你怎么也在这里？”李俊看到了我，停步问道。

“我……我……”我犹豫了一下，“我本来想回市局，看到了你们的车，就进来了。有什么发现？”

李俊点头：“有发现，确定这里是第一现场，但收获很少。上午物证的过来忙了一上午，也没啥突破性的进展。明天吧，应该会开个小会，所有的信息都会汇总一下。”说到这里，他又看了我一眼，“你呢？有什么发现吗？”

我苦笑，摇摇头，并跟着他们一起往外面走。

李俊却笑了：“已经很不错了，这第五个受害者是你第一时间发现的，对于开颅人屠案的推进，是一个关键节点。这次，我们总算跟上了这凶手的脚步了，有个线，能够顺着往上摸了。”

“也不是我的功劳，应该谢谢人民医院那两位大夫才对。”我照实说道。

李俊：“对了，汪局上午听我案情汇报的时候，问了下你的情况，还说要你什么时候回局里，去一下他的办公室。”

“那我现在就去吧？本来就想要回市局看看。”我边说，边跟着李俊上了他那辆警车。这时，透过后视镜，我瞅见王栋那台吉普车和邵长歌的车，一前一后出现在学院路的街道上。

这时，李俊也发动了汽车，跟在另一辆我们同事开着的警车后面，掉头朝着市局方向开去。我将车窗放了下来，向迎面而来的王栋的车探头。王栋眼尖，自然看到了我，他的车窗本来就没放下，直接对我吼了句:“一会你来吃不吃晚饭?”

“我……”我感觉李俊在我身旁看着我,脸上甚至有些发烫了。同是市局刑警队的刑警,大伙都步履匆忙,我却始终如同局外人一般,没跟随着大伙的脚步。

我咬了咬牙:“不用等我,我来不了。”说完这话,我将车窗按了上去。

“你的车还停在这里,一会还是要过来拿的。”李俊的声音在我背后响起,“再说……晓波,你还年轻,肚子里也有墨水,想要离开警队,开始新的人生,这想法不丢人。”

我“嗯”了一声,将烟掏出来:“李队,要不要给你点根。”

李俊点头:“晓波,大伙背地里也聊,都说像你这种小伙,耗在警队,真的挺可惜的。能走出去,就走出去吧。大伙也都没多想什么,你也不用自责,觉得对弟兄们有愧疚什么的。如果有可能,我也还宁愿没入这行呢!”说到这儿,他嘴里被我塞上了根已经点着的烟。他狠吸了一口,烟雾在他面前萦绕。

“人各有志。很多孩子想做警察,是不知道警察的苦而已。”李俊冷不丁扔出了这么一句。

我一时语塞,再次望向窗外。萧条的学院街,快速往我身后而去。冷不丁地,后视镜里,一辆自行车从某栋建筑物后面一闪而出,骑手似乎抬头朝着我和我身后那辆警车看了一眼,又快速掉转了车头,往那巷子里缩了回去。

我欠起身,扭头朝着那小巷望去。

我只看到那依旧空荡的街道,以及空荡的街道上,邵长歌和王栋两人正从各自的车里下来,朝着学院路8号的铁门走去。

“怎么了？”李俊问道。

我犹豫了一下，最终回话道：“没什么，看我那两个同学而已。”

. 24 .

刑警，即刑事警察，工作内容是刑事侦查工作，包括分析、研究刑事犯罪情况；组织、协调侦破一般、重大、特大刑事案件；承担案件痕迹和物证提取、检验、鉴定；承担辖区内的禁毒、反黑、反恐工作；承担辖区内的经济犯罪侦查防范工作；承担涉外刑事案件、对外警务的联络和接洽。狭义的刑警是指刑警队的警察，广义的还包括经侦队、缉毒队等。

刑警分属于中华人民共和国公安部、省（自治区）公安厅（直辖市公安局）、地级市（自治州）公安局（地区公安处）、县（县级市、旗）公安局（市辖区公安分局）这四级公安机关。公安部设有刑事侦查局；省级公安厅（局）设有刑侦（警）总队；地级公安局（处）设有刑侦（警）支队；县级公安局（分局）设有刑侦（警）大队。此外，还有一级派出机构，就是刑侦大队向辖区内派驻若干个责任区刑警队，责任区刑警队是公安机关最底层的实战单位。我们海城市刑警队，就是以支队形式存在的一个隶属于海城市公安局的警察队伍。在当时，缉毒大队和经侦大队还没有完全独立出去，治安大队的也在同一栋楼里，所有人都混在一起办公，时不时有经侦的人被刑侦的借去用几天，缉毒又拉着治安大队的联合出警什么的。看似混乱，但又井然有序。这一切，要归功于当时分管刑侦的汪局，管理上着实有几把刷子。

我是汪局在那一年的几十份简历中，点名要进刑警队的。刚开始那一年，他得闲的时候，时不时叫我去他办公室，听我聊聊国外利用犯罪心理学进行刑事侦查的案例，并提出一些自己的看法。所以，他对我的评价一直很高。同事也私底下和我说过，汪局对于新一代技术型刑警在警察队伍里的更新换代，其实还是挺期待的。遗憾的是，很多次案例分析会上，和我一样科班出身的同事们的一些看法，又总是与老刑警们的分析判断相左。久而久之，也就坐实了理论抵不过实践这个老理儿。再加上之后汪局又分担了新的任务，工作量比以前大了。嗯，一想想，我好像也有一年多没有去过他的办公室了。

车进市局，李俊就给汪局打了个电话，说领着晓波回来了。汪局回话正好有空，要我直接上去。因为和李俊坐得近，所以，我还清晰地听到汪局在那通电话末了还补了一句："就只要他一个人上来，你小子也别跟着。"

十分钟后，我站在他办公室门口深吸了一口气，开始敲门。

"进来。"他的声音依旧洪亮。

我进屋，瞅见他坐在茶几跟前，手里端着个大茶缸。房间里烟雾缭绕，应该是刚有好几杆烟枪在这里开了个小会。

"坐吧！"汪局指了指他对面的椅子。

我点头应着，但并没有径直坐下，而是走到窗边打开了两扇窗，让烟雾散一下。

他开始摆弄桌上的茶具，给我倒了杯茶："我听李俊说了，你报了司法考试。"

我点头坐下，再次深吸了一口气，迎上了他的目光："也不知道能不能过。"

"警察的职责是什么？"汪局却很意外地问出了这么一句。

我条件反射般立马站了起来：“根据《中华人民共和国人民警察法》和全国人民代表大会……”

“打住，打住！”汪局摆手，“你给我坐下，直接说第一条。”

我很听话地坐下，但声音还是保持着洪亮与严肃：“第一条是预防、制止和侦查违法犯罪活动。”

汪局点头：“没错，是预防、制止与侦查，排在前面的是预防和制止，之后才是侦查。很多刚走进警察队伍的年轻人，都摩拳擦掌，每天等着大案要案，然后奋不顾身地投入其中。可实际上呢？将一个案件侦破，确实是我们每天眼睛一睁开就最记挂的事，但如果罪恶压根不曾发生，一切都被防患于未然，那才是我们人民警察真正希望看到的才对。”

我不知道他这一会儿给我扯着这大道理来说道是什么目的，只能静静听着，并点头。

“晓波，我理解你这么个优秀的小伙想要离开警队的原因，汪局我也是过来人，一路上风风雨雨，谁能不被动摇呢？我也不苛求你改变决定。只是，我想要你明白一点：如果你是因为在刑侦工作中没有突出表现而令你从警的初衷被碾成碎片，那么，你这想法就是错误的。时代在进步，警察队伍需要人真正关心人民群众的思想与心理走向，并从最根本上防范罪恶在人们心中萌芽。而你，是学犯罪心理学的，你比警队里的大部分人都了解怎么预防与制止犯罪。”他顿住了，沉默了几秒，“这些，就是我作为一名老刑警，想要对你这个新刑警要说的心里话。”

“我知道了。”我小声应道。

“嗯，说这些感性的话，我还真有点不适应。”汪局又端起茶缸抿了一口，“言归正传吧，说说你对于开颅人屠案的看法。对了，不要说那些细枝末节的，那些我在会上听多了。说点虚的，从你的专业角度上的看法。”

“这……”我一下语塞了。很可悲的是，经过这几年在基层刑侦工作中的打磨，从犯罪学角度看待案件的习惯，我似乎反而变弱了。汪局的这一提问，令我骨子里的某些知识，又开始跃跃欲试了。我发现，原来它们一直都在，并随时能够被点燃，再熊熊燃烧起来。

我沉默了大概两分钟，汪局也没吱声，静静地看着我。最终，我一咬牙：“凶手的动机，依旧会是本案的一个关键突破点……”话说到这里，我又顿住了，因为之前那么多次，我利用自己的专业知识发表的对于各个案件的看法，最终换来的，都是老刑警的嗤之以鼻。而这一刻坐在我面前的，正是一位老刑警。

我再次沉默，半晌，我抬起头来：“汪局，我想，我还是会尝试从开颅人屠为什么要窃取受害者的脑组织这一条线摸下去。并且，我也希望，在这条线上有所发现后，再以实证来向你汇报。”

汪局笑了：“晓波，你比起刚进警队时成熟多了。行，我等你。之后，你有什么新的发现，第一时间给我打电话吧！”

他抬起手看了看表：“我一会儿还有个会，那就不和你多聊了。反正我的目的也达到了，想要你明白警察真正的职责所在。就算你最终毅然选择离开警队，那么，我也希望在你最后为警队效力的日子里，依旧能够有所作为，用你的专业知识为侦破工作提供线索。”

“是！”我再次站了起来。可就在我转身往外走时，我脑海中不知道怎么又冒出了那起发生在 1983 年的凶案来。我记得老丁还随口提了一嘴，当时出警的人，有年轻时的汪局在。

我停住了："对了，汪局，能不能向你打听个事？"

"说。"

"你对1983年一起罪犯叫作莫莉的凶杀案有没有印象？"我选择了直截了当发问。

"记得，而且印象很深，那案子有点惨。"汪局正色答道。

我一咬牙："那个叫作莫莉的女人，她有女儿吗？"

汪局点头："有啊！"

我的心跳加速了："那，那女儿……"我顿住了，不知道应该如何发问，甚至也不知道自己到底是想要了解什么了。

"一儿一女，双胞胎。"汪局叹了口气："名字我现在都记得，一个叫景放，一个叫景珑。挺可怜的两个孩子，还是我亲自送去了社会福利院。"

"也就是……也就是……"我最后确认道，"也就是被送到了位于学院路的那个孤儿院？"

"是！"汪局很肯定地答道。

第九章

最亲密的，最陌生的，最凶残的

开启秘密的，还是那块榴杧千层蛋糕。拔舌地狱的惨状，报案人身死，为了流血而流血的故事在持续上演。“我从没有见过这样阴郁而又光明的日子”——莎士比亚《麦克白》第一幕第三场台词。

从犯罪心理学的角度来说，通过一个人讲话声音的特点，是可以估摸出人的一些性格的。声调平和的人，心态也一般稳健，遇事沉着持重，给人成熟自信的印象。语气抑扬顿挫，节奏强的人，表现欲也较强，比较自恋，为人也相对圆滑。而语调较轻却又清晰缓慢的人，一般会让我们刑警稍微提高点警觉。因为这类人处世往往小心谨慎，内敛，心思也比较细腻。也就是说，与这种人聊天，想要从中洞悉什么，相对来说比较难。

. 25 .

我想要继续追问些什么，但汪局的电话却响了。他看了下来电号码，没有按下接听键，只是抬头看了我一眼。我会意，快步走出了他的房间。

站在汪局的办公室门口停留了差不多五分钟，我在寻思着要不要等他接完电话后，再进去问上几句什么。但思前想后，又觉得这发生在二十几年前貌似清晰却又始终凌乱的线团中，我想要探究的究竟是什么呢?

这点，我自己似乎也并不明了。于是，我迈步往楼下刑警队的办公室走去。

景放……景珑……那么，那个叫作景珑的孩子或许就是双胞胎里的那个女孩，会不会就在孤儿院被老师将姓给改了，成为之后的林珑呢?

这可能性很大，我在心里这样想着。

来到办公室，发现开颅人屠案的同事都不在。我问另一位同事，他告诉我李俊又领着大伙匆匆忙忙不知道去哪里了。我便有点失落，觉得自己又一次没有跟上大家的脚步，他们步履匆匆，我一个人在后面自顾自缓缓迈着小步子而已。

“对了，李队要我告诉你，明天上午记得回来开会。”那位同事在我身后喊道。

“是啊！”我应着，朝外面走。我不知道自己接下来要去哪里？围绕着这个案子，我所去过的最多的地方，就是大学城。而到了大学城，似乎又要卷入邵长歌寻找失踪女友林珑的人间小事了。

我苦笑了，抬手看了看表，然后给长歌打了个电话。

“嘿！晓波，你的车还停在这边。”邵长歌这么说着，话语间有着企盼，希望我会过去吧？

“我……我……”我顿了顿，“我现在过去，晚上应该可以一起吃饭。”

“好啊！你想吃什么？出去吃还是让人送到我家里来吃？”长歌应该挺高兴，因为我的应允，“我还有一瓶不错的红酒，今晚我们把它给开了。”

“好！”我再次顿了顿，犹豫着是不是应该告诉他莫莉确实有个女儿，而且被送入到了孤儿院的事。但最终，我只是补上了这么一句，“我一会儿就到。”

我决定，暂时不告诉他莫莉有两个孩子的事。过去了的事，本来就应该被尘封，成为往事，不被人翻阅。这人世间有很多事情的错错对对，实际上是混淆在一起的。我们刑警在工作中，见过了好多好多故事：于情，有着一种诠释方式；于理，又有着另一种诠释方式。但是于法，却是不能称之为诠释，而是接近于残酷的判定而已。

我想，我会再找机会去求证，林珑是不是就是景珑？如果确定了，我会帮长歌尝试寻找她是否还有亲人在这个城市，抑或其他地方，进而捕捉林珑的线索。反之，他也没必要知道莫莉与莫莉离开这个世界后所遗留下来的故事。因为，莫莉与他无关。

我坐在出租车里，拿出手机给汪局发了个信息：汪局，您知道莫莉那两个孩子后来是否改名了吗？

之所以选择发信息，而不是打电话，是因为这会儿的他应该在开会。所以，就算是发这个信息，其实也是挺冒昧的。

他并没有回信息给我。

很快，我就来到了学院路。下车后，我发现邵长歌家的铁门是锁着的，但他俩的车都还在。之前我给他打电话说自己一会儿就到，那他们也不应该离开太远才对。

我打给他，果然，他俩就在附近的菜市场买新鲜羊肉，一会拿到饭店加工再送回来。长歌还说，自己去买的新鲜羊肉才好吃，饭店里的不香。

我撇了撇嘴，想起了高中时候那一次，也是我们仨在班主任孔老师家补习。那天，孔老师家炖羊肉，香味令我们一直吞口水。到补习完走的时候，王栋这家伙，趁着孔老师进里屋，直接跑去他家厨房，随手抓了两块抹布，把那一锅羊肉给端走了。

我们一溜小跑到了学校后山，蹲在地上，将那锅羊肉吃了个精光。那时候也没有手机，孔老师面子浅，也没好意思打电话到我们三个的家里询问那锅羊肉的事情。况且，他也没有证据证明我们偷走了一锅羊肉，我们仨家境都不错，作案动机似乎也不够强烈……

我笑了，在邵长歌家门口那条长椅上坐了下来。忽然间，我又想起了林珑，好像……好像那天吃那锅羊肉时候，她也在……又好像没有她？

想了很久，最终发现，那些过去了的记忆还在，但是记忆里的细节，却渐渐模糊了。我又一次望向了那栋精神病院的灰色楼房，琢磨着曾经住在其间的叫作林珑的姑娘，在我记忆中渐渐淡了的当日模样。而此刻我所坐着的这条长凳，正是校车接邵长歌和林珑的地方。或许那三年里，两个孩子在这一条长凳上，有过无数次的共处。

二十分钟后，长歌和王栋的身影在街角出现了。王栋扛着一箱啤酒，与提着一个塑料袋的长歌说着话，并一起冲我笑。我被他们瞬间感染，仿佛时间一下倒回到多年前的那些个日子里，我们都还是一脸稚气的少年人，没有丝毫忧愁与俗世挂念。我迎上前，帮王栋把那箱啤酒扛了过来，看邵长歌手里那塑料袋里，竟然是几个花俏的纸盒。

“买的啥呢？”我问道。

长歌笑着答道：“中午你小子机灵，早早地溜了，王栋请我在殡仪馆食堂里吃的饭。那会他们馆里的焚尸炉正好开工，那股子味让人完全受不了，更别说吃东西了。所以刚才经过那家做榴杧千层的蛋糕店时，就买了几盒回来。”

“榴杧千层？”我愣了一下，紧接着想起好像之前也听姚沫说起过这种蛋糕的名字。

“是！”长歌继续笑着，那笑容看上去却像苦笑一般，“这也是林珑以前最喜欢吃的。那时候我和她俩学生，兜里没几个钱，而这榴杧千层又挺贵的，所以每买上一块，两个人都要小小激动一下，分着吃得很高兴。”

他叹了口气：“想不到七年过去了，那家店还在，也还在做着他们拿手的榴杧千层。况且，整个海城市里，好像也只有他们家还会耐着性子，出品做工如此复杂的美味了。”

“你等下。”我将他打断了，“长歌，你是说，整个海城市，只有你们刚才去的那一家蛋糕店有榴杧千层卖吗？”

“嗯！”邵长歌点头，“除了这一家，其他店要不就只有榴莲千层，要不就只有杧果千层，至于榴莲加杧果的，还真只有这一家。”

“哦。”我脑子里却快速运转起来——如果真如邵长歌所说，整个海城市只有这一家有榴杧千层卖，那么，多年前那个还懵懂的姚沫所潜入的蛋糕店，应该就是邵长歌今天去买回了榴杧千层的那家店。而姚沫最终偷偷带出来的几盒蛋糕，便是这一刻邵长歌手里提着的蛋糕才对，也就是说，是林珑也最喜欢吃的蛋糕才对。

一个有点大胆的质疑，突然间在我脑海中蹦了出来。我跟着他俩身后走进邵长歌打开了锁的铁门，将啤酒放下后，又一次对着邵长歌发问：“你知道那个叫作姚沫的水电工是哪一年出生的吗？”

长歌扭头回来：“和我们同年啊！”

我心跳加速，脑海中姚沫那张被乱糟糟头发遮住的脸快速跳出，但他的真实模样始终无法清晰。我一咬牙：“长歌，你有没有仔细端详过姚沫的长相？他和林珑是否有某些相似？”

长歌也一下愣住了，他收住了笑，思考了起来。这时，站在我俩身旁的王栋却打起了哈哈：“晓波，你别逗了。我听你这么一惊一乍的说道，难不成这个叫作姚沫的人，还就是失踪了的林珑不成？”

这时候，长歌说话了，他的声音有点发颤：“他……他和林珑确实有点像，尤其是他的眼神，看着我时的感觉，就像是当时……像是当时林珑看着我的感觉。”

我深吸一口气，又长长吐出：“长歌，我想我现在要去一趟已经搬到城北的孤儿院，翻翻他们那里的档案，或许……”

我最终没说出后面的话来，因为我在长歌的眼神中看到了强烈的企盼。但是，某些可能还只是我所怀疑着的，无法被确定。

我掏出手机，想要打电话给局里，安排我去孤儿院落实一些事。但是这时，手机屏幕上显示有一条新的短信，汪局给我回信了。

“晓波，你有什么发现？是关于林珑的吗？”长歌终于忍不住问道。

我没吱声，按开了那条短信，只见上面赫然显示着这么一句话：

莫莉的女儿是否有改名我不知道，但她的儿子，也就是那个哥哥，被我们一个姓姚的做锁匠的朋友收养了，改姓了姚。

我掏烟，快速点上，脑子里好几条本来看似无关联的线索，快速融合到了一起。莫莉那对双胞胎里的儿子，在孤儿院被一个姓姚的锁匠收养了，然后改姓了姚。也就是说，他就是现在在我们身边生活工作着的、叫作姚沫的海城大学水电工。而姚沫的年龄与我们同年，林珑与我们是同学，本也是同年。再者，被一起送到孤儿院的姚沫的双胞胎妹妹，同样与我们同龄的名字叫作景珑的姑娘，与林珑的名字有共同的一个“珑”字……

我翻出贾兵的电话打了过去，贾兵也第一时间接听了。

“又有什么好事找我啊？”话筒那头的贾兵说道。

“问你媳妇……”我直入主题。

“你等等。”贾兵连忙将我的话打断，“你这三天两头找我媳妇干吗？”他又开始贫了。

“正经事，别捣乱。赶紧问下你媳妇，林珑的姓是不是她本来的姓？”我沉声说道。

或许，是我语调急促的缘故，让贾兵意识到我要询问的事比较着急。他这次没油腔滑调了：“得！你等我两分钟，我现在就打过去问下。”

挂了电话，我转过身来。面前的邵长歌和王栋都瞪着眼看我，不明白我到底是在忙活些什么。长歌的嘴动了一下，但最终也没开口发问，只是那么直愣愣地看着我。

“或许……或许我们真能找到林珑在这个世界上最亲密的一个亲人。”我这么说道。

“是姚沫？”长歌小声问道。

“等我两分钟吧？”我边说边将手里的烟狠狠地吸了一口。这时，我发现我只要稍微抬头，所能看到的位置，就正好是隔壁精神病院的那栋楼房，依稀间，有着一团浓密的云，正从那楼房上方缓缓移动过来。

我的电话响起了，是贾兵回过来的。

“嘿！晓波，林珑的姓不是她本来的姓，而是当时带她的一个老师的姓。”贾兵在话筒里这么说道。

“那她本来姓什么？为什么要改姓？”我追问。

“我媳妇怎么知道那么多呢？”贾兵又大呼小叫起来，“不过，据说林珑这姑娘改姓的原因，是因为她本身的家庭里发生过一起惨绝人寰的事，而老师们觉得晦气，才给她把姓给改了。至于名字，还是保留了她本来的这个‘珑’字。”

“哦！”我给他说了声谢谢，挂了线。

“有什么新的发现吗？”邵长歌连忙问道。

“有。”我冲他点头，“你有……你有姚沫的电话吗？”

“我翻给你。”他连忙拿出手机，找出了姚沫的号码来。

我犹豫了一会，寻思着是不是让长歌自己打过去。尽管目前已有的发现，基本上能确定姚沫和林珑就是1983年被枪毙的那位女精神病杀人犯莫莉的双胞胎儿女，但在事实没有最终水落石出之前，我也还是想保留一二。

我在我自己手机上输入姚沫的号码，按下了呼叫键……

“嘟嘟……”

“嘟嘟……”

“嘟嘟……”

没有人接听。

“我用下你电话。”我边说，边拿起了邵长歌的手机，转身朝着门外走了两步。我不知道姚沫是不是故意不接陌生号码的来电，抑或这会儿的他确实是在忙，没有听见。

我走出了学院路8号的铁门，在那冷清的街道上缓缓走动，我又点上了一支烟。接下来，我将要用长歌的手机打给姚沫，但又不能这么快打，免得对方将长歌手机的致电与之前对于他而言的陌生号码的致电进行某种关联。

我又往前走着，走着，等待着时间往前推进。不经意间，我的视线里，精神病院的大门出现了。我很自然地朝着那名老保安的保安中心方向望了一眼。小房间门窗紧闭，周遭也没有人走动。而那小房间旁边，有一辆没有后座的自行车，很随意地靠在房间的墙壁上。

我转身，往回走，因为我不想撞到那名老保安，免得又要被拉扯着闲聊。于是，我很快又回到了学院路 8 号的铁门前，院子里，邵长歌和王栋依旧瞪眼看着我，不明白我这是在演一出什么戏。

我冲他们挤出笑，手里的烟也差不多燃到尽头了。于是，我拿起长歌的手机，打给了姚沫。

“嘟嘟……”

“嘟嘟……”

“嘟嘟……”

“喂！长歌，找我有什么事吗？”话筒那边一个声音响起。

. 26 .

通过一个人讲话声音的特点，是可以估摸出人的一些性格的，尤其是对方很随意寒暄时的声音，更是能够从其中感受到声音主人的不少特点。

声调平和的人，心态也一般稳健，遇事沉着持重，给人成熟自信的印象。

语气抑扬顿挫，节奏强的人，表现欲也较强，比较自恋，为人也相对圆滑。

而语调较轻却又清晰缓慢的人，一般会让我们刑警稍微提高点警觉。因为这类人处世往往小心谨慎，内敛，心思也比较细腻。也就是说，与这种人聊天，想要从中洞悉什么，相对来说比较难。

姚沫，正是这种人。

“你是姚沫吧？”我柔声说道，“我是长歌的朋友，和你上次聊过一次天的夏晓波。”

“啊！”他顿了一下，但很快又恢复到之前的语调，轻，且清晰、缓慢，“夏警官，你好！有什么事？”

“你有时间吗？我在长歌家里，想叫你一起过来吃晚饭，顺便聊聊。”

“哦！”他简短应着，并用这个“哦”字，为自己换来了几秒钟的停顿时间。

“我不在大学城那边，有点事。夏警官，可以在电话里面说吗？”他思考了几秒后，这么回答道。

他的谨慎，令我警觉起来。但紧接着，我又意识到自己的警觉，似乎有点来得莫名其妙，因为正如这些天里不止一个人对我说过的，我在与人正常的应酬对话时，都有了警察对犯人的那种调调了。

于是，我微微笑了：“没什么，只是，我想和你聊聊你与你妹妹的事儿。或许，你能够帮我们找到那个叫作林珑，而之前叫作景珑的姑娘。”

“啊！”他再次用了一个单字，作为他第一时间的回复。但这次他没有停顿了，而是一鼓作气地说道，“过一会吧，过一会我忙完手头的事就第一时间打给你，或者打给长歌。”

我应了，就要收线。但这时，姚沫最后那句话里有一个小小的问题，被我猛地揪住了：“姚沫，你有我的电话号码？”

“没有啊！”他这么回道。

“那你刚才为什么说，会回电话给我，或者长歌？”我追问道。

“我有说吗？”他语速依旧缓慢，也清晰，并熟练地使用反问句来为自己的思考争取时间，“夏警官，我一会回电话给你吧！很快！”

他收线了，并没有回答我的问题。

我走入小院，将长歌的手机塞到他手里。他挤出笑来，很勉强：“晓波，能说说吗？”

我觉得自己再这么藏着掖着，也没什么意义了，便冲他点了点头：“之前在殡仪馆的古老头说起的那位叫作莫莉的女人，确实是有孩子的，而且是对双胞胎，一儿一女，男孩叫景放，女孩叫景珑……”说到这里的时候，我脑子里终于想起，为什么自己在最初听老丁说起这个姓氏时，总觉得在哪里有听到过。两天前那位醉酒的锁匠发牢骚时候，不是直接说出了这么一句“让他叫回他自己的名字——景放”吗？也就是说，如果我有心的话，那时候就应该默默记住姚沫被收养前的另一个名字——景放。

于是，我继续冲他们说道：“叫作景放的男孩，被一位姓姚的锁匠收养了，也就是你现在所认识的那位姚沫。”

“也就是说，你们所说的这个姚沫，其实就是林珑的亲哥哥？”王栋小声嘀咕道。

“是的。”我应着，眼睛却继续看着面前的长歌。很意外，他并没有欣喜若狂，反倒若有所思。半晌，他开口说道：“如果他就是林珑的哥哥，那他为什么不告诉我林珑去哪里了呢？除非是……除非是他也不知道。”

我点头：“又或者，林珑现在过得平静且幸福，他不想你去打扰。”

长歌叹气：“好吧！那么……你刚才叫他过来，他来吗？”

“他说手头有点事，一会就回我电话。”

长歌皱眉：“不对啊，他昨天值夜班，今天白天休息，我还记得上午我去殡仪馆的时候，看着他踩着单车出学校了的。”

“人家就不能有几个朋友聚聚？”王栋插嘴道。

就在这时，邵长歌那还握在手里的手机响了。

“是姚沫。”长歌看了下来电号码，接着就要按下接听键。我却突然间有了一种很奇怪的警惕，大步向前，动作甚至有点粗暴地，将他手里的手机夺了过来。

我冲他摇了下头：“我来吧。”我按下了接听键。

“长歌吗？”姚沫那不紧不慢的声音响起。

“是我，夏晓波。”

“哦！夏警官，我想，我可能赶不回来和你们一起吃饭了，下次呗！下次找机会我做东。”他语调平和稳定。

“好吧！那么，你现在可以和我聊聊林珑吗？”我开始将我们的对话带入正题。

“林珑？嗯，夏警官，其实，在与我谈论她的时候，我希望你改一下称谓。她叫景珑，你应该已经知道了这点。”他的语速快了，声音似乎也没有之前那么平和了。我意识到，他在这通电话里，正在渐渐卸下某种面具，但我又不明白他为什么会这么莫名其妙地做出改变。

“你们找不到她的。”他顿了顿，“只要我还在这人世一天，我就永远不会允许别人再去伤害她了。”

我意识到他有点失态了，连忙看了长歌一眼，示意他靠近，并按下了免提键。

“姚沫，我有点不明白你这话的意思了。或者，你告诉我你现在在哪里？我和长歌过去找你也行。”我给出了一个选择项，希望自己与他的这次越发奇怪的通话，变得正常一点。

“哦！我从来没有……我从来没有……”他莫名地断断续续了，“我从来没有见过这样阴郁而又光明的日子……”

他将电话挂断了。我再次拨过去，已是关机的提示音。

“最后那句……最后那句是莎士比亚的《麦克白》第一幕第三场里的台词。”长歌脸色变得很不好看了。

“有什么蕴含的意义吗？”我皱眉问道。

长歌摇头：“单纯看这句，是没什么含义的。不过，《麦克白》是个讲述为了流血而去流血的故事。”

“是吗？”我并不了解他所说的这个什么《麦克白》的故事里有着什么，甚至觉得这一刻的邵长歌似乎也变得和那个姚沫一样奇奇怪怪的。

这时，我的手机也响起了，是杨琦打过来的。

“晓波，李队说你这会儿应该是在大学城附近，在吗？”她的声音有点急促。

“我在这边。”回答这话的时候，我脸有点发烫。李队之所以这么说，因为他之前听到了我和长歌王栋的对话。

“那你赶紧赶去精神病院，有个姓邓的老保安刚才打电话给110，说知道了杀死那位病人的凶手是谁了。但110那边的同事想要继续问上几句什么的时候，对方挂线了，之后打过去，就一直没人接听。可能他遇到了什么麻烦。”杨琦一鼓作气说道。

“我马上就可以赶到他那里。”我脑子里“嗡”的一声，那位姓邓的老保安之前给我说过的奇怪线索以及他所担心的莫须有的危机，如同一根本来已在我脑海中松弛了的橡皮筋，瞬间绷直了。我继续将电话放在耳边，转身大步朝着隔壁精神病院跑去：“他是多久以前打过去的。”

“15分钟左右。”杨琦回答道，“110那边接这个电话的同事把情况反映上来后，指挥中心正好有位同事关注过我们这个案子，知道我们今天上午去过精神病院，便通知到了队里……”

她说到这里时，我已经冲入了精神病院的大门，并径直朝着老邓的那个保安中心跑去。紧接着，我赫然发现，之前我经过时看到的那辆靠在墙壁上的自行车不见了。

与此同时，我还闻到了一股血腥味。

“现场可能有人受伤。”我对着话筒说出这话的同时，面前那保安中心锁住了的房门，被我一脚踹开了。

我瞪大了眼，眼前的一幕令我头皮发麻。

“晓波，你那边发生什么了？”杨琦在电话另外一头大声问道。

“报案人已经死亡。刑警支队刑警夏晓波已经赶到现场，即将进行紧急处理，请你们火速赶到。”

. 27 .

我们民间传说中的十八层地狱，其实并不是以空间的上下进行“层”的分配，而在于使用的不同的刑罚上。其中的第一层地狱，谓之拔舌地狱。但凡在人世中挑拨离间、诽谤害人、油嘴滑舌、巧言善辩、说谎骗人的人，死后就会被打入拔舌地狱中，小鬼会掰开来人的嘴，用铁钳夹住舌头。接着，小鬼不会一下将之拔下，而是逐步拉长、慢慢拽……慢慢拽……

死者邓志宏，致命伤为右胸从背后插入的匕首之类的利器直达心脏。凶手手法非常老练，刺杀过程中，很可能用手捂住了死者的嘴，因此精神病院里的工作人员都没有听到死者发出的惨叫。而紧接着，凶手将死者的嘴巴掰开，拉扯出死者的舌头，用利刃割下了，并将舌头摆放在死者放在桌子上的手机旁边。手机屏幕上，显示着 12 个未接来电，都是警方回拨过去的，但永远不会再有人接听了。

我快速将那扇被我踹开的门带拢，扭头时，发现长歌和王栋也已经跟着我跑进了精神病院的这一凶案现场，瞪大着眼睛从门缝中看向房间里恐怖的一幕。

“看好现场，不允许任何人靠近。”我对他俩大声喊道，也无视了作为普通群众的他俩，那已经吓得惨白的脸。

距离命案发生的时间越短，能捕捉到的线索也越宝贵，这是我们刑侦人员都明白的道理。于是，那一刻的我像发狂的狼犬一般，在精神病院这不小的院子里搜索起来。很多年前，我在警校里时不时揣测着自己之后会走入的某个命案现场。每次幻想中，我都是紧锁着眉头，观察着周遭的每一个细枝末节，脑子里会像一台高速运行的计算机一样，进行着分析判断。从警几年后，我倒实际了很多，懂得了收集证据的重要性。因此，我将老邓的尸体和保安中心第一时间封闭了起来，进行现场保护。

所谓的现场保护，指命案发生后，为保持案件现场发案时的原始状态，防止由于人为或者自然因素导致现场出现变化或者破坏，而采取的一系列保护措施。

现场保护的首要原则就是“少进浅进”。

于是，我在那一刻真正需要捕捉的可能会与案件相关的，便是附近某些可疑的风吹草动了。至于那一刻最可疑的，自然是十几分钟前，我经过精神病院大门的时候，窥见的那辆靠墙停着的自行车。

有一点可以肯定，在我折返回到邵长歌家门口，并与姚沫两次通话的时间，可能就是命案发生的时间。也就是说，在这个时间段里，有某个人，将这辆之前我看到的自行车骑走了。而这个人，自然就是命案发生时最有可能出现在现场的犯罪嫌疑人。

我在距离那面墙半米的位置蹲下，环视了周围一圈，期待在某个角落里，发现监控探头。最终，我只能微微摇头，陈旧的围墙与灰暗的建筑物之间，没有任何与这个现代城市合拍的物件存在。

我没有再往前跨，低头捕捉地上是否会有自行车轮胎的痕迹。

墙边的水泥地上，并没有我想要的发现，但紧接着，我在不远处的草坪边缘，发现了明显是自行车轮胎碾轧并且转弯的压痕。我快步上前，朝着那一轮压痕指向的方向望去。那是一条围墙和精神病院那栋楼房之间的狭窄通道，宽度大概半米，其间还胡乱生长着不少杂草，证明这并不是一条人们经常走动的过道。

"喂！你们几个是干什么的？"一个声音从精神病院正门传来。我扭头，看到一名穿着白大褂的中年男人和另外一位穿着蓝色护工服的小姑娘，正冲着院子里的我和邵长歌、王栋三人喊话。

"不要让任何人靠近命案现场。"我没有理睬那两位医护人员，再次对着邵长歌和王栋说道。接着，我朝着那条狭窄的通道冲了过去。

通道并不长，我很快穿过，抵达了这栋灰色建筑物的背面，依然是一堵年代久远的围墙伫立在前方。只是，最角落里还有一扇紧闭着的铁门。我意识到，这可能就是之前老邓说起的精神病院的那扇后门。

我再次抬头，希望找到这后门院里可能会有的监控探头，结果和我所意料的一样没有收获。我咬了咬牙，朝着后门跑去，并伸手去扭门锁。

门没有锁上，直接被我扭开了。门外是很典型的老城区低矮且不齐整的大小民居，一条并不宽的沥青路，似乎就是此厢与对面世界的分界线。

我又一次左右环顾，企图捕捉到什么，但心里也默默告诉自己，在这种冷清的后巷里，不可能发现公安部门天眼系统的摄像头的。

可这时，我的心突然怦然一动。因为……因为街对面有一家新开业的连锁便利店，门口甚至还摆放着花篮。

我径自朝着那个小店跑去。我的对手如果真是保安老邓之前怀疑的那位活跃在精神病院周围的神秘人，那么，他自然对这冷清的老城区非常熟悉，也自然会对这片区域里为数不多的监控探头特别留意。但……这是一家新开业的便利店，而且是加盟连锁的，这类便利店的标准配备里，大门口处是肯定装有摄像头，用来防盗的。

就在这时，我的手机响了，居然是戴琳打过来的，我毫不犹豫按下了拒绝接听键，继续朝马路对面跑去。

她再次拨了过来，我皱了下眉，也再次挂断。那一刻的我心思又怎么会为她所干扰呢？那一刻的我也压根没有意识到，她正在经历着什么。

我冲进了便利店，对着柜台里那名脸上长着妊娠斑的妇女掏出证件，要求查看监控录像。妇女愣了一下，紧接着扭头，指了指旁边两个小小的屏幕，其中一个屏幕上显示的区域，正是精神病院后门与这家便利店中间的沥青马路。

我走进了柜台，在这名店主的帮助下，调到了二十分钟前……

我紧紧盯着屏幕，紧紧盯着那扇精神病院合拢着的铁门……

嘀嗒……

嘀嗒……

嘀嗒……

那扇门动了，一辆自行车的车头出现在画面里，紧接着又快速缩了进去。过了大概一分钟，那扇门再次开了，一个穿着连帽卫衣，并将帽子戴起的年轻男人，出现在画面里。

我看到了他的脸，但一副巨大的墨镜与黑色的口罩，让我无法窥探仔细。我当时猜测着，他之所以在第一次挤出铁门又缩回去，可能就是为了遮盖住自己的颜面。

我屏住了呼吸。屏幕里的他动作很快，探头左右看了看后，才跨上了自行车，末了还细心地将铁门带上，快速消失在探头能拍到的范围。

我深吸一口气，将这段录像重新放映，并不断按下暂停键……

我接触按键的手指停下了，目光死死盯着屏幕上一幅相对清晰的有着嫌犯正脸的黑白图像。

头发……那帽子边缘，有着乱糟糟的头发伸了出来，像是……像是那名叫作姚沫的男人的……头发。

这一发现，反倒令我冷静下来，脑子里诸多线索穿梭着，又进行着各种匹配。

我掏出手机，打给了王栋。

“让长歌接电话。”我没等他吱声，径自说道。

“你为啥……为啥不直接打给他？”王栋啰唆了一句，但也没怠慢，因为长歌的声音紧接着在话筒那头响起了。

“晓波……”长歌的声音有点抖，案发现场所看到的一切，令他感到了惊恐。

“你现在赶紧看下之前我用你的电话打给姚沫的时间。”我没抓手机的那只手拉动着录像的进度条，调到了那扇后门第一次开启后又快速闭上的时间段里，“是不是四点四十五分左右？”

“哦，你等下。”

很快，他的声音便再次在话筒那头响起："是！他接听我的去电的时间，正是四点四十四分。"

我往外吐了一口气，目光也锁定了屏幕右上方的那一串数字——16：44……

又有电话进来的提示音响起，我一瞅屏幕，是李俊打过来的。

"你们继续在那守好。"我叮嘱了长歌一句后，挂断并接听了李俊的电话。

"晓波，现场怎么样？"

"现场控制好了，等你们到。"我顿了顿，"李队，我可能有新的发现。"

"我们也有新的发现。"他也顿了下，"我先说我们的发现吧！"

"好！"我应着。

李俊："第一个发现顾琴尸体的那个海城大学的水电工，有重大作案嫌疑。就是撬开了楼顶水箱的那个水电工。"

"啊！"我的心往下一沉，因为从我们刑警嘴里说出来的有着重大作案嫌疑的嫌疑人，基本上就是已经发现了铁证："李队，他是不是姓姚？"

"是的，叫姚沫。"

我没抓手机的那只手不由自主地捏紧了拳头挥舞了一下："李队，我所锁定的犯罪嫌疑人，也是这个叫作姚沫的男人。"

是的，七年前失踪的那个叫林珑的姑娘，她有一个很少有人知道的双胞胎哥哥。而这位很小的时候就被一位锁匠从孤儿院领养走的叫作姚沫的男人，极有可能就是这七年里屡次用诡异手法将无辜受害者虐杀的开颅人屠凶手。

我手机里有着一条一直到那天傍晚才被我读取的短信，来自戴琳。

晓波，能过来人民医院一下吗？我想要你陪陪我。

这条短信发过来的时间是五点十七分，也就是我按掉她的两次来电之后收到的。我咬了咬嘴唇，将短信删除，并跟随着赶到现场的同事们继续工作着。

始终，我没有理清我和她以后的生活。我们短暂依偎，聚少离多，我们之间的缘分时隐时现。

况且……

况且……

知道吗？戴琳，这个年代里，化解孤独的成本很高。

人们都很害怕……

第十章

双生子的羁绊，消失在人间

盘查、张网、全城通缉，那个下午，姚沫消失于这喧嚣人间。同卵异性双生子罕见的案例极有可能指向的是：被分裂成两个身体的同一个人。对于夏晓波来说，还有漏接的电话，戴琳的女儿死了。

同卵双生子与异卵双生子是两个完全不同的概念。异卵双生子是由两个不同的卵细胞被两个不同的精子受精发育而成；同卵双生子，是一个卵子被同一个精子受精后分裂成两个，形成了两个胚胎的情况。而连体婴，就是最为典型的同卵双生子没有完全分裂而生成的。一般来说，同卵双生子具备共同的基因，所以外表和性格、行为上都会高度相似。不过，在极个别情况下，同卵双生子分离时，其中一个染色体Y掉落的话，就会形成XX和XY即一男一女的情况。

. 28 .

那个下午之后，姚沫消失于这个世界。

通过法医们的努力，顾琴死亡的日期被最终确定。刑警们用了最传统的办法，死守着那个日子里海城大学各个监控探头拍到的影像，从中捕捉到了低头行走于顾琴身后的姚沫。紧接着，鉴证科的同事再次搜索着楼顶水箱周边的每一个角落里的痕迹，得出了最先发现水箱里的死尸的那名水电工，有过破坏现场的小动作。那名水电工，正是海城大学工程部的副部长姚沫。而在水箱中找到的缠了细线的纽扣也在随后对姚沫住处的突击检查中被核实。

也就是得出这一结论的下午，精神病院的保安老邓被杀，精神病院后门外的探头拍到的骑着自行车的人，被我们之后找来的熟悉姚沫的人进行辨认，最终将其身份确认。尤其是他那一辆没有后座的自行车，更是将他狠狠出卖。

次日，对姚洙的通缉令发到了全城。

只是，他如同蒸发了一般，消失在这个喧闹的人间。

抓捕极度危险人物姚洙的行动，被汪局取了一个非常老土的名字——猎鹰行动。尽管如此，队里也没有人反驳，因为一位具备开锁能力，且一直是从事水电工工作，能够熟练穿梭于阴暗角落里嗜杀的他，必然要比鹰隼更加危险。

接下来的那两三天里，我们整个刑警队的人都非常忙。我们被分派到各个派出所，跟随着同袍们穿梭于出租屋、车站、小旅馆……希望在这庞大城市中，捕捉到姚洙的痕迹。但所有人熬红了眼，都没有丝毫收获。

一个视人命如草芥的连环杀人犯，卸下了他正常社会身份的面具后，会是如何疯狂且危险？这一点，没有人敢细想。

第四天上午，在火车站拥挤的候车大厅里盘查的我，接到了队里的电话——汪局找我。

我赶到局里的时候已经是十点四十分了。进分局院子时，发现停车场里停着一台喷得很花哨的电动车，车尾插着一面小旗子，上面写着“开锁配匙”四个字。我寻思着可能又是哪个区域发生了盗窃案，某个在公安局备案的开锁匠被叫回来谈话而已，便没留意，停好车，径直朝电梯间走去。

很快，我就到了汪局办公室门外，隐隐约约听到里面有人在说话。我犹豫了一下，想着要不要等一会再敲门。可一看表也快中午了，还是抬起了手。

“请进。”汪局的声音从门里传来。

我扭开门，发现背对着我的沙发上，坐着一个应该不属于我们局的中年男人。汪局叼着烟，正在和他交谈。

“坐这边。”汪局指了指他旁边的椅子。这时，那位背对着我的男人也扭过头，我赫然发现，他居然是老城区那位姓姚的锁匠，也就是姚沫的养父。

“老汪，你有事，那我就回去了。”姚锁匠看了我一眼说道。

“行，反正有什么情况，你就直接给我们李队打电话就是了。”汪局边说边站起来，很客套地送锁匠往门外走去。

他并没有认出我，或许，那个夜晚的他因为酒精的缘故，对于是否有过一次与我的短暂交谈，他已经遗忘了，嗯，也还真说不定——我这么暗暗想到。

汪局一直把姚锁匠送到了电梯口才回来。他进门后顺手关了门，并指着茶几上的烟要我自己拿。

我拿出根烟点上：“汪局，刚才那个就是姚沫的养父吧？你和姚沫的养父之前就认识？”

“是他。以前都还年轻的时候，关系挺不错。”汪局点头。

“那，那他是不是提供了一些有用的线索？”我这句话一说出口就有点后悔，因为我习惯各种盘问的职业病，在面前这位老刑警看来，可能显得足够愚笨。

他笑了，并摇了摇头：“能提供些什么呢？老姚在景放……我们还是叫他姚沫吧。他在姚沫被送到孤儿院后，就不顾父母反对，第一时间办理了领养手续。结果呢，打了一辈子光棍的他用十几年时间养出了一个恨他入骨的男孩。最后不还是管不了姚沫，姚沫长大后就离开了他。”

“汪局，你说姚锁匠是在姚沫被送入孤儿院后的第一时间，就去领养了姚沫？”我没忍住，插话道。

“是啊！”汪局顿了顿，“晓波，每个人都和你们一样年轻过，包括你现在面前的我，也包括之前坐在我对面的老姚。唉……”他摇了摇头，“老姚和莫莉打小就认识，也一直要好。莫莉家是文化人，可是在那个年代，文化人并不一定过得有多好，反倒是有着一门技艺的锁匠家条件挺不错。经历了三十多年前那场浩劫后，莫莉的父母甚至觉得，如果莫莉和老姚这个男孩子在一起，或许会有个安稳幸福的一生。老姚年轻时候，模样其实也不差，和莫莉又是青梅竹马，所以他自己也觉得莫莉肯定就是自己人生的另一半。可最终，浩劫的年代结束了，文化人终于还是拥有了好的日子。莫莉进了市文化宫，也认识了景润生，两人结婚那晚，老姚喝了个大醉，从此消沉。”

“所以……这也就是他之所以收养景放的原因。”我自顾自地搭话道。

汪局点头：“也是一个痴情汉子，心里只有莫莉，终生未娶，养着莫莉留下来的孩子姚沫，挺执着的。那时候还有一个姓孙的年轻人，据说也是对莫莉爱得死去活来的，到现在，家里有媳妇，外面有情人，风光得很。当年所谓的爱情，现在在他看来可能就是个笑话。”

我若有所思：“可是，锁匠为什么不把莫莉的那个女儿也一起领养走呢？”

“领养孤儿也不是你说领谁就能领谁的。他一个单身汉，领一小姑娘，就算政策上允许，福利院也不敢放人啊！况且，莫莉那女儿长得也好看，当时福利院的林院长可喜欢这孩子了，还让改了跟自己姓……”汪局说到这里耸了耸肩，“这些啊，不是今天上午和老姚在这里聊起，都快不记得了。那林院长也是个好人，据说那一两年天天搂着莫莉的那个女娃娃。唉，才四十岁出头的人，帮一个女娃娃捡一个卡到树上的毽子，从一米多高的树上摔下来，后颈着地，当时就断气了。”

说完这些，他苦笑了：“嘿，一扯就扯远了，给你说了这么多与正事无关的。”

“也不一定。”我也笑了，“之前我向李队汇报过，如果不是我开小差帮我同学找他失踪了多年的女朋友林珑，可能也不会咬到姚沫这条线上。”

“这也就是我之所以把你叫回来的原因。”汪局将我的话打断了，正色道，“晓波，你没到的时候，我已经给你们队里说了，你就从抓捕行动中先抽出来，做点别的。”

“做点别的？”我有点蒙了，“可，可现在全市搜捕行动里，人手特紧，或者，汪局有什么新的布置，我也可以辛苦点兼顾上？要知道，李队这几天为这人手的事，头大得很。”

“我并没有说你就不用去搜捕姚沫了，而是……”汪局将手里的烟头掐灭，“而是我想在这次搜捕行动中，布下你这么一个自由人。我觉得在最关键的七十二小时里没有抓到这个连环杀人犯，只能出奇招了。”

“汪局……这个……您让我有点迷糊了。”我挠着头。

“晓波，你是科班生，犯罪动机主要有哪几类，相信不用我来给你解释吧？”

我连忙回答：“西方的犯罪学里，将犯罪动机分为财产欲望、性欲望和攻击欲望三类。我们中国的刑法学者，又将之细分成了十一个类别，包括政治动机、财务动机……”

“可以了，别又给我背书了。”汪局将我打断，“晓波，我现在最想了解的，是姚沫的犯罪动机。”

“这……也是我们专案组里每一个成员最想不明白的。当然，如果用西方的犯罪心理学理论，我可以给出一些方向来，但……”我咬了下下嘴唇，“汪局，晓波也从警几年了，不再敢像以前那样夸夸其谈了。”

汪局赞许地点点头：“好吧！我们回到正题。晓波，昨晚李俊告诉我，你与姚沫的双胞胎妹妹是同学，你的好朋友在海城大学里任教。而正是因为你在帮助你的好朋友寻找失踪了的那个叫林珑的女孩时，才捕捉到了线索。那么，接下来的时间里，你就不要跟着大伙全城搜捕了。”

“回到海城大学，也回到之前那几天里你帮人寻找林珑的事里去吧！或许新的突破，还是会在那个失踪了的林珑身上。因为……”他看了之前锁匠坐过的沙发一眼，“因为林珑是姚沫在这个世界上唯一的亲人，也可能是他在这个世界上最看重的宝贝。”

我明白了汪局的用意：“是，他行凶的动机，也很可能与林珑有关。”说完这话，我当着汪局的面拿出了手机，拨打给了邵长歌。

“在学校吗？我现在过去找你。”我问道。

“在学校，你来小礼堂吧。”长歌如此直率的回答反倒让我觉得意外，接着，我依稀听到了他那边有人大声读着话剧台词的声音。

他挂了线。

“那我现在就过去了。”我站起来，对汪局说道。

“好！有什么好消息，你直接打我电话。”汪局也站起来说道。

我并没有直接下楼，而是先去了一趟办公室拿毛巾，然后进洗手间洗了把脸。镜子里，下巴已经爬满了铁青色的胡楂儿，眼睛里也布满了血丝。这几天的睡眠时间加起来，可能五个小时都不到。脑子里高度紧张，紧绷着的弦压根无法放松下来。

这些，就是每一个基层刑警的日常，也是我之所以想离开警察队伍的主要原因。我苦笑了，看着镜子里的自己苦笑了。我想要离开，但是又一次不由自主地全身心投入到开颅人屠案里。

从警，是信仰？还是……还是慢慢成了惯性呢？

我对着镜中的自己摇了摇头，捧起凉水将头发打湿。

几分钟后，又一次换上便衣的我，发动汽车，朝着大学城开去。

. 29 .

在犯罪心理学学科里，有专门对双生子进行心理研究的课题。双生子具备共同的遗传基因，因此，他们在外表和行为上极为相似。

不过，在深入了解双生子研究结果之前，我们还要认识两个重要的概念：共享环境和非共享环境。人们都认为双生子生活在同一个生活环境，也就是共享环境里，两人性格发展的相似度会达到最接近。实际情况却不是这样，相反，分开抚养的双生子比在同一家庭环境中抚养长大的双生子，在人格特征上会更加相似。因为，当他们被一起抚养时，会有意识地追求各自的个体独特性。相反，非共享环境里的双生子，不需要刻意变得与对方不一样，最终，反而形成了一个比较高的一致率。

所以，对于汪局安排我通过继续调查林珑失踪事件，进而以此为突破口，找出姚沫犯下这一系列罪行的行为动机，在犯罪心理学角度来看，也是比较科学的。于是，开车过去的路上，我想着这茬儿便笑了。平日里看似并没有将太多时间放到新的刑侦科学里钻研的这位老刑警，实际上懂得的，也不比我这个科班生少。

汽车很快驶入了大学城，又一次穿过了学院路。学院路依旧冷清，那精神病院灰色的楼房里，疯狂的人们继续着他们疯狂的举动。

可能是心理作用吧，我又感觉到车后有人偷偷注视着似的。于是，我通过后视镜往后瞟了一眼，一无所获。

在海城大学停好车后，我打给了邵长歌，但他并没有接电话。于是，我搓了搓手，朝着小礼堂走去。海城大学的深秋挺冷的，但其间来往的年轻学子们，脸上洋溢着的都是暖春。此情此景下，这几天紧绷着的神经，似乎就在这林荫间游走的过程中，缓缓舒展开来。深吸一口气后，我发现脑子里莫名地泛出了戴琳的脸庞来，对她的思念，也开始从意识深处觉醒。

那天删除了她的短信后，一直都忙着搜捕的工作，没有给她回过信息，也没有通过电话。我与她的关系，本就不是那么的亲近熟稔——我对自己这么说道。

但，我不自觉地拿出了手机，拨给了她。

响了很久……

在我准备挂断时，她接听了。

“晓波，有事吗？”她的声音依旧那么冷冷的，保持着一种距离。

“忙这起连环杀人犯的案子，所以……所以一直没给你回信息。”我如此说道。

“哦。”她沉默了几秒，“知道了。”

“那天是有什么事吗？”我问道。

她再次沉默，半晌，依旧冷冷地说道：“没什么，也都过去了。”

“好吧！”我随意说着，“这些天太忙了，忙完我再去找你。”

“嗯。”她这般随意应着，似乎这段通话应该就此结束。

我没说话了，但也没率先挂线。

她也没说话，同样，她也没率先挂线。

就这么沉默了十几秒后，我清晰地听到了话筒那头的她深深吸气的声音，那声音里，似乎还有着鼻腔与泪腺的分泌液流淌而过。

“晓波，我女儿死了。”说完这话，她挂线了。

我停在了原地，一旁是海城大学那个偶尔有着叫不出名字的大鸟掠过的小湖。我大学时候待过的苏门大学政法学院里，可是没有这种专供情侣围坐着说情话的场所。所以，我那几年的大学时光里，本也没有郎情妾意的故事。

尽管队里的同事时不时说我太过感性，不像大伙那样满脑子都是逻辑思维与因果缠绕。但比起同龄人来，我又似乎粗糙了太多。甚至，我粗糙到身边亲密的人儿，她在这世界上最为珍贵的宝贝消失了，我也不曾关心在意。

我是不是有点残忍，残忍到本该施与身边人最起码的关爱，都不曾有了呢？

我犹豫了一下，在短信里按下了“我晚上过去找你，还可以吗？”

我的手指停留在发送按键上好久才按下。我知道，戴琳很可能不会回信息，我与她的缘分很可能到此画上句点。但除此之外，我似乎也不能为她做点什么了。

我没有等她的回信，反倒将手机放进了口袋。我再次收起心思，往前走去。我告诉自己，我将再次回到邵长歌身旁，帮助他寻找林珑。而这，似乎证明了我并未冷血，依旧为身边的人奋不顾身着。

我如此想着，如此让自己好受一点。

到小礼堂外已经十二点过了，十几个说笑着的少年男女，从礼堂里快步而出，朝着食堂方向走去。我推开那扇沉甸甸的大门，发现里面空荡荡的。偌大的礼堂里，只有台上有一个修长挺拔的人孤独地站立着。

“排练的学生们刚走。”台上的邵长歌一边说着，一边转身，望向舞台上方某一盏未亮的灯，“晓波，知道吗？如果姚沫还在的话，那盏灯肯定是亮着的。明晚的那一场演出，他和我一样期待已久，也和我一样，不希望有丝毫闪失。”

“是吗？”我向前走着，到了舞台的正下方。长歌所说的那盏灯，只是角落里并不重要的一抹光亮而已，似乎它的熄灭对舞台无甚影响。

我耸了耸肩：“长歌，他是个连环杀人犯。这点，我想，每一个曾经与他相处的人知晓后，都应该会毛骨悚然才对。”

“或许是吧？”长歌转身过来，舞台上的他得以用俯视的角度看我，说出的话也宛如训斥，“很可悲的一点是，我所看到的姚沫，只是他作为普通且善良的一面。他勤快，在短短几年工作后，升职为工程部的干部；他虚心，总是傻傻站在各个课堂的窗外，学习着他想要学习的知识。而且，他眼中还有着闪光，期待看到我们这个小礼堂里，终于有莎翁的话剧上演。而你呢？”

他往前一步，伸出右手指向我，这一动作与其说是配合他的话语，不如说更像一位演员的表演：“而你呢？这位虚伪的警察。你所做的每一件事，都有着自己的目的。你不希望亏欠，所以不愿意付出。你也不希望回报，所以吝啬着你对我这么个朋友的帮助。最终，你笑着走开了，得到了你想要得到的，却拆散了我世界里有着的……”

“邵长歌！”我沉声将他打断了，“你别给我胡闹了。”

“我有胡闹吗？”他长吸了一口气，继而笑了，“这段即兴的表演不错吧？有没有莎翁的风格？”说完这话，他从台上跳了下来，对我耸肩，“怎么了？难道我说得不对吗？况且，我发现用莎翁的方式来抒怀一些东西，挺有意思的。”

我冲他摇头：“长歌，我知道你和姚沫挺合拍。但他是个连环杀人犯，而且是一个极其可怕的将无辜受害者虐杀的恶魔。我们对于罪恶的忌惮，怎么样都应该强过于我们的情感吧？”

“好吧！”他点头，“或许，我更多想要表达的是，我很孤独。我在这个离开了七年的城市里，身边没有说话的人。唯一的一个，却被你证明是一个恶魔。”

“我们不是最要好的朋友吗？还有王栋。”我反驳道，“你心情不好的时候打电话给我们，我相信我和他都会第一时间来陪你聊聊的啊。”

“不像过去了。”长歌这么说道，并率先朝着礼堂外走去。我跟上，他的声音在这礼堂里继续回荡：“晓波，每一个个体与个体之间的差异，随着年龄增长，也会变得越发明显。以前我们仨，能够那么要好，因为都没心没肺没有太多各自的心思。而现在呢？难道王栋来和我说说他给那些死者化妆的趣闻？难道你给我们说说你所经手的那些案子的细节？又或者，我舍弃我的职业操守，拿着接受过我心理辅导的那些大学生的故事当作你我之间的话题吗？”

“不像过去了。”他摇了摇头，重复了这句话语。

聊到这里，面前那扇大门触手可及。我刻意抢前一步，将门推开。

那瞬间，秋意扑面而至，光明并未与我们的世界远离。

“既然你提到了心理辅导，我记得，每一位心理咨询师都需要有一位督导对他进行定期的心理辅导，用以缓解咨询师在来访者那里接收到的大量负能量情绪。长歌，现在，可不可以让我姑且当一次你的心理督导，对你进行一些分析呢？”我如此尝试性地对长歌发问了，同样的选择性提问句，但这一刻的我，俨然不是刑警，而是和长歌一样的心理咨询师了。

长歌愣了一下，紧接着他歪着头看了我一眼：“嘿，我还真忘记了，你学犯罪心理学的，也是应用心理，和我也算是半个同行。”他抬头，看了一眼户外的光，继而微微笑了笑，“那么，督导先生，你说几句呗。”

“好！”我点头，“想必你也知道，孤独症的三个核心症状，即社会交往障碍、交流障碍、兴趣狭窄和刻板重复的行为方式。”

“是的。”长歌应着，“但也没必要就因为我说了几句有感而发的所谓孤独的话语，你就把我归纳到孤独症患者里面吧。况且，孤独症更多是针对儿童而言，不是吗？”

我冲他摇头：“我想要和你聊的，只是这三个核心症状中的第三个——兴趣狭窄和刻板重复的行为方式这一点。”

“哦！”长歌举起单手做了个请的手势，“继续！”

“这类型的孤独症患者，总是对普罗大众所感兴趣的东西没有兴趣，相反，他们会喜欢关注一些外人不会关注的。能够与他们分享他们所喜爱物件的人，自然变得很少，最终就发展成为你刚才所说的那种与好友也没有了话题的情况。实际上，并不是没有话题，而是你自己抗拒与大家一起享用大家都共同喜欢的东西而已。”

长歌笑了。他的微笑，让我对他这一刻的所谓心理辅导，更像一场心理师之间的闲聊：“那么，接下来我就会出现重复刻板行为这一症状啰？我会按照同一种方式做同一种事，走固定的道路去往我要去的地方，将身边的物件也必须放置到固定的位置。”说到这里时，他抬起手，将西装袖口处露出的法式衬衣的袖扣稍微整理了下，“或者，我还真得承认自己有这方面的问题。轻微强迫症与洁癖……”

我也没忍住，和他一起笑了。

“说吧！今天到底为了什么事过来找我。”长歌将袖扣整理好，岔开了话题。

我犹豫了一下，最终没有说出我真正的来意：“我……我就是过来看看你，顺便问下你这几天有没有找到新的关于林珑的线索。”我并没有说谎，汪局给我的任务，本也是要我通过介入寻找林珑，看看能不能捕捉到姚沫的痕迹。

身边的邵长歌微微地“哼”了一声，并将脸扭向了另一边。我明白自己如此拙劣的谎言，他不可能识破不了。但，我也不想进行过多的解释，有些东西，大家心知肚明，也未尝不可。

“始终，都无法那么纯粹。”长歌意味深长地说道。末了，他又叹了口气：“晓波，你又要我如何不将姚沫定义为一个真正能聊天的朋友呢？最起码，我与他在一起的每一次对话，我都能感觉到真诚与没有目的性。”

“唉！”他叹了口气，“其实你给我打电话时，我就猜到你过来的真正目的。就像之前那几天里，你帮我找林珑，居然发现了林珑的双胞胎哥哥姚沫就是你们要逮的连环杀人犯。到现在，他与林珑的关系已经坐实，那么，你们又怎么会放弃林珑这条有可能引诱出潜逃了的姚沫的线索呢？”

我无言以对，默不作声跟随着他的脚步。而他领着我走的方向，却不是大学的食堂，而是停车场那边。

“你去过山丘镇吗？”长歌转换了话题，对我问道。

“王栋的老家。”我点头，“去过，走高速也就大半个小时。”

“王栋的外婆过世了，他小子这两天回了山丘镇。今天上午，他给我发了个彩信过来，是他早上跟着出殡的灵车出门时，在半路上看到的。不过，他也说了，只是模样像，身板却完全……完全……”

长歌停了下来，话语也和他的脚步一起停下。我感觉得到，他在犹豫要不要将之后的话说完，又或者，他对于此刻将这段话对我说起，似乎开始感到懊悔了。

他将手伸进了裤兜，慢慢悠悠地掏出了手机，并按出了一张图片递过来：“晓波，最初我们怀疑莫莉是否有两个孩子时，我不只是拜托你去查。我有个表姨妈在市妇幼医院工作的，我记得林珑说过她是在那里出生的。所以，那天，我也要她帮我查查陈年资料。只是，我压根没指望她那边真有什么消息过来。在你回分局忙活的这几天里，表姨妈回复了莫莉确实生了龙凤胎的事。之所以他们医院还能查出这么久以前的一个病例，是因为……嗯，这也是他们医院这么几十年里唯一经手的一个……”

我接过了他的手机，上面是一个穿着深色衬衣正在路边行走的长发女人。她的长相与林珑有着几分相似，但是身材，却要高大很多。

长歌的声音继续着：“妇幼医院记载着，林珑和姚沫是双胞胎，而且是极其罕见的同卵异性双胞胎。莫莉的身体里只孕育出了一个胎盘，那一个胎盘里，有着一男一女两个婴儿。”

“所以，你现在看到的这照片里和林珑有着同样容貌的人，很可能就是……就是一个和林珑一模一样却又有着男人才有的高大身材的另一个林珑。”长歌顿了顿，“只不过，他叫姚沫。”

. 30 .

同卵双生子（identical twins）与异卵双生子（fraternal twins），是两个完全不同的概念。异卵双生子是由两个不同的卵细胞被两个不同的精子受精发育而成；同卵双生子，是一个卵子被同一个精子受精后分裂成两个，形成了两个胚胎的情况。大家在新闻里看到的连体婴，就是最为典型的同卵双生子没有完全分裂而生成的。

一般来说，同卵双生子具备共同的基因，所以外表和性格、行为上都会高度相似。不过，有极个别情况下，同卵双生子分离时，其中一个染色体 Y 掉落的话，就会形成 XX 和 XY 即一男一女的情况。

那么，也就是说莫莉所生的那两个叫作景放与景珑的龙凤胎，从医学角度来说，是极其罕见中的罕见案例。甚至，我们还可以将之理解为——被分裂成了两个身体的同一个人。

我倒抽了一口冷气，明白了长歌言外之意。我将他手机里的这张图片快速发到了我自己的手机上，又将之转发给了杨琦。长歌没有吭声，默默站在旁边，看我完成这一系列动作。最终，他淡淡地说出了一句：“你我应该算是扯平了吧？之前你帮我找林珑，现在，我这算帮你找姚沫吧？”

我冲他点头，无暇回复他，径自打电话给了杨琦。

“我刚看到你发的图片，什么情况啊？”杨琦在话筒那边说道。

我脑海中捕捉到的姚沫那被乱糟糟头发掩盖住的模样始终模糊着："你在鉴证科吧？现在调出姚沫的资料来，将他的容貌与另一个之前我给你们说过的他的双胞胎妹妹林珑的资料对比一下。我想知道他俩容貌的相似度有多少？"

杨琦似乎愣了一下，但她很快明白了我的意思："可能没这么快，局里目前只能找出他的一两张档案里的正面照。嗯！急不急？我尽量下午回复你。"

"好。"我点头，挂了电话。

"那么接下来，我们是要去一趟山丘镇吗？"我尽量让自己的微笑不是那么具有目的性，然后对长歌说道。

长歌耸了耸肩："是的，王栋还想等着我们一起去吃一碗山丘镇最有名的英子牛杂面。"

"开我的车吧！"他将车钥匙递给了我。

我愣了下。他的车是他回国后新买的，拿到车才两三周，并且是轿车，底盘不高，而山丘镇那边虽然通了高速，但进了县镇，路上的坑还是挺多的。于是，我指了指不远处停着的我的车："开我的吧？爬上爬下比较方便。"

长歌耸肩："没事，这新车给我自己这么每天开着从家到学校，这点点儿距离，磨合期都不知道什么时候过完呢！"

我笑了，接过了他的钥匙："你觉得没问题，我自然愿意试试你的新车了。"说完这话，我拉开了他的车门，一股新车的气味扑面而来，"嘿，全程还得给你开着车窗，吹掉点甲醛味儿。"

长歌点头，绕到副驾驶那边上了车。正在调座椅的我很随意地瞟了他那边的后视镜一眼，那镜子中，朝车窗外望着的长歌的脸又一次清晰地出现在我眼里——他抿着嘴，眉头微微锁紧。

他有心事？他又想起了什么令他惆怅且不能告诉我的小秘密？况且，他要求我开着他的新车去到偏僻的镇区，这提议让人觉得有点奇怪。

我发动了汽车："嘿，动力还挺好！"

汽车朝着海城大学外开去。

我们抵达山丘镇的时间是下午一点五十三分，王栋不知道从他哪个亲戚家骑来一台很破的摩托车，在高速出口外等我们。我们跟在这小子的摩托车后面进了镇。王栋小时候在这长大，路挺熟，跨着那台排量只有125的摩托车在前面带路，排气管一路对着我们喷着黑烟。他那硕大的屁股好像是一袋打横放在摩托车上的米袋，左边的归左边，右边的归右边，我和长歌在后面瞅着感觉特逗。

我俩自然很是开心，似乎又回到了那个没心没肺的过往年月。

十几分钟后，王栋指挥着我们将车停进了一个小巷，然后领着我们钻进了他所说的那家很有名的牛杂面馆。因为时间已经两点过了，本就狭小的面馆里吃客不多，我们坐下后，由着王栋点了几碗面和小食。他还凑过来小声给我们嘀咕了一句："瞅瞅柜台里那位少妇，我们镇上出了名的大美人，叫英子。"

我和长歌抬头看了过去，只见一个年岁不小的妇女正坐在那里嗑瓜子。至于模样吧，也只能说是端正，距离"美人"两个字差得还有点远。

"嗯！确实挺好看的。"长歌回过头来，一本正经地说道。

王栋点头，不知道是饿的还是馋的，他吞下了一口唾沫。

"和你妈年纪差不多吧？"长歌补了一句。

大家哈哈大笑。

末了，我压低了声："王栋，你今天早上拍的那女人之后去了哪里？你能给找到吗？"

王栋白了我一眼："找不到我还会叫你们过来吗？自然是有……有线索。嘿，是不是应该叫作线索啊？你们警察的行话怎么说来着？"

我哭笑不得："算线索吧！"

王栋点头，自顾自地严肃起来："照片是在镇外的坟山下拍的，那女人应该是去那山上住……"

"你等等……"我将他的话打断了，"你说人家是在坟山上住着？"

王栋应着："是啊！有什么问题。"他翻了下白眼，"是这样的，我们山丘镇上，土葬的习惯一直还保留着。虽然政策不允许，但山也多地也多，镇政府睁一只眼闭一只眼，没怎么管。我刚才说的那坟山，还有个大名，叫龙流涎，真龙在天上瞅着我们这镇子地方好，流的口水滴了下来，就堆出了那小山。所以，谁家死了人，都抬上这龙流涎。久而久之，就成了我们镇上专门埋人的地。也是因为死人多，扫墓的人也多。之前那山上有一个破道观，就被人承包了好好给装潢了一下，还弄了些房间，供人居住……"

我没忍住，再次将他的话打断了："你们这山丘镇的民风也太彪悍了吧？坟山上还有招待所不成？"

王栋讪笑："也不应该算招待所吧？现在这些大大小小的庙宇，不是都有供人留宿的客房吗？居士们乐善好施掏点钱，然后在那里呼吸几天新鲜空气，跟着大和尚小尼姑一起念念经什么的，叫……叫什么来着？辟……面壁？"

"辟谷。"一直没出声的长歌小声科普道。

“对，就叫辟谷。”王栋应道。

长歌点了点头：“王栋说的这种情况其实并不稀罕，那九华山是地藏菩萨真身存放的地方，知名佛教圣地。上山路上，两边就不时看到大小不一的坟墓。那山顶上，也还是有着不少宾馆和招待所啊，和王栋说的这龙流涎倒是异曲同工。”

王栋继续说道：“说回正事。我早上发给你们的相片，只拍了她的上半身。实际上，她当时还拉着一个拉杆箱，朝着山上的方向走。我本来想下车去看看的，可我块头大，又是外孙，所以亲戚们安排我抬棺材，走不开。”

“那女人是一个人吗？当时是几点？”我又问道。

“是一个人，也就七点不到，埋人都是要大早上。”王栋瘪了瘪嘴，“所以，我当时也有点纳闷。一个长得和林珑很像的女人，一个人大清早走路上我们这山丘镇的坟山，还拉着个拉杆箱。不过我堂兄在旁边给我讲解了，说现在啊，可是有一些大城市过来的人，喜欢跑我们这来面壁……哦，不，是来辟谷。都说咱这儿叫什么阳气压阴气，阴气又反转阳气什么的，有一套神神道道的理论。所以，在我堂兄他们看来，虽然人家姑娘大清早上山很少见，但也不算什么稀罕事了。”

我点头：“拉着拉杆箱，那是要长住。就算不是长住，最起码也要过夜。选择大早上山，或许是不想让人看到。况且，这山上每天来来去去吊唁的人也不少，有人流动，真要躲个什么抓捕之类的，也很容易混进人堆……”

王栋很认真地听着，小声嘀咕道：“也有用拉杆箱装香烛纸钱的，比提着省力。大清早上山，或者是赶早班车过来的。至于你说这山上人流动大，不过如此，始终是个坟山，又不是风景区。”

我笑了笑："算是给你科普个我们刑侦人员在人烟稀少的荒郊抓捕逃犯时，最关注的三个点吧！第一个是庙，第二个就是坟山，第三个是山洞。你说的这坟山，三点带了俩——庙和坟。"

"逃犯为啥要挑这些地方呢？"王栋歪着头。

我答道："有庙有坟山的地方就有香火和供品。"

"哦！"王栋若有所思地点点头，"晓波，你让我有点迷糊了。我只是无意中瞅见一个长得像林珑的高大女人上了山，长歌就拉着你跑了过来。难不成这长得像林珑的女人上山不是为了面壁，而是为了躲你们警察？"说完这话，他自顾自地顿了下，"是辟谷。"

我没搭理他。这时，那位王栋眼里的漂亮少妇已经把面和小食端了上来。我们各自接过一碗，味道也确实不错。

长歌始终没怎么说话，很认真地吃着面。到吃得差不多了，他径直跑去埋了单，再折回来。

"晓波，我们真的需要上一次山吗？"他有点冒失地问出了这么一句。

"嗯！"我点头，并对王栋问道："上山下山一个来回要多久？我说的是去你提起的那个庙。"

王栋翻白眼："一个来回两三个小时吧？问题是……哥，我上午抬棺材刚跑了一趟，你们也不考虑下我是不是要休息一天的吗？"

我笑了笑："照你刚才那么说，酷似林珑的姑娘，今晚应该会在山上的庙里住一宿才对。所以，今天不上去，难道等人家明天走了再上去。"

"那倒也是。"王栋点头。

"晓波，如果要上去，那我今晚就要在那山上待一宿吧？"一旁的长歌突然这么说道。

我愣了一下，扭头看他："为啥？"

长歌伸手指了指面馆外的天："这季节天黑得早，我们选择这个点上去，一会下来时不是很方便。另外……"他叹了口气，"如果真像王栋说的，这山上有着什么神灵，那么，我也想多留宿一晚，看看能不能保佑我找到林珑。"

"那一会再看吧。"我随口应道。

这时，坐在柜台里的那位叫作英子的老板娘说话了："不会吧？你们想留宿在龙流涎上？"

王栋扭头过去："怎么？不是经常有人去山上那庙里住一两晚吗？"

那老板娘这才探头出来："栋子，你是真不知道还是假不知道啊？这龙流涎上现在闹邪门事儿，已经不是一天两天了。咱们镇的那些迷信的老头老太太，基本上都不会跑上面去住了。反倒是些市里的或者其他县镇的不知道，还时不时跑过来辟谷。"

"邪门事？什么邪门事啊？"王栋反转身子，对老板娘问道。

"那你要问你们家那些老头老太太，她们添油加醋，说得跟网络小说一样了。对了，你问你家二婶子去呗，她能给你唠到明天天亮。"老板娘一边说着一边从旁边又抓起了一把瓜子，这一架势，倒也不像是卖关子的模样。

王栋讪笑："她们一个个都过得迷迷糊糊，怎么有英子姐你这么泼辣明事儿呢？还是你说吧，没那么多废话。"

老板娘英子笑了，扭头看了一眼身后那安安静静的厨房："得，我就给你们说说这山丘镇坟山事件，嘿！这名字不是我给安的，是镇上派出所朱所长安的。至于你二婶她们那群老头老太太，管这事叫龙流涎鬼剃头。"

第十一章

背负着恐惧者，一生都在错过

酷似林珑的神秘哑女，龙流涎上鬼剃头的传说，多年前的现场勘查日记，右太阳穴上扭曲的花纹。总不能等到失去后，才想要紧紧握住。也不该无法再见时，才念着美好。夜色中有风吹过，宛如死者在轻轻吟唱。

《手术部位标记规范》中规定，除少数不适于进行体表标记的外，手术患者术前均需要进行手术部位体表标记。有条件的应邀请患者或者家属共同参与对手术部位的确定。对于脑外科、整形科、心外科来说，必须用记号笔沿手术切口画线作为标记，标识于患者侧头皮或手术部位体表。

· 31 ·

但凡偏僻点的乡镇，一般都有具备各自人文特色的诡异故事。故事里有鬼有神，有情有爱，都是这人世间的若干碎片演绎成的。所以，这会儿我们听到的来自老板娘英子讲的故事，也就是这类乡野鬼事中的一个。

“怕是大前年的事吧？可能要更久一点，只是之前没人发现而已。”她嗑着瓜子，认真开始了，“也不知道是镇外哪个村里的村长家死了岳丈，老头据说才六十岁不到，身体硬朗得很，和另外几个老汉喝酒喝大了，出门吹了冷风，给吹死的。那村长也是个体面人，张罗了村上二十几号人，敲锣打鼓把这老岳丈抬到了镇外龙流涎上，寻了块地埋了。他们村子不近，到白事办完天也晚了。那村长寻思着难得来一次，住一晚也算讨个真龙保佑，便安排那二十几号人在镇上招待所住下，自己和几个家属在龙流涎上过夜。”

说到这儿，这位叫英子的老板娘又一次朝着身后的厨房望了一眼，再扭头回来：“当天也没啥事发生，一家人吃了斋饭，早早睡了。第二天早上，他媳妇醒得早，又领着兄弟姐妹几个跑去了坟头，说想要再烧点纸钱，给野鬼们花花，免得扰了她家老爹。可谁知道，她们跑到坟头时，发现那坟给挖开了，棺材也被撬开了。老汉的尸体赤裸着上身，被摆放在已经搬出泥坑的棺材盖上。更吓人的是，老汉的头发被剃掉了一边，那半块光秃秃的头皮上，还被画着让人看不明白的线条。”

“你知道具体是哪个部位被剃了吗？”长歌冷不丁地插嘴问了一句。

“这我咋可能知道？”老板娘吐了下瓜子皮，“再说不管是谁家已经死过的人，真出了这么个事，又怎么会给外人说清楚呢？反正那天，跑到坟头的几个人是被吓得丢了魂，鬼哭狼嚎地跑了，回山上那道观里告诉他们当家的。那村长好说歹说也是个干部，没那么迷信，便认为是盗坟头的贼犯干的事，因为我们这小地方，一直还有放一两百块现钱到棺木里的风俗，说是阴阳间的结界上，有个现钱防身总是好事。”

王栋笑了：“这都什么年代了，人家还费这么大力气弄开个坟堆拿那一两百块钱？有这劳动力，随便做点啥，就算是去工地帮人搬砖，也能把这一两百块赚回来的啊。”

老板娘也笑了：“所以村长打电话给派出所报盗窃案，镇上派出所不给出警啊。说是不够金额还是什么的？想想也是，人家干公安的一个月就拿那么两三千工资，还要去管你家坟堆里丢了一两百块钱的破事，怎么可能？”

我轻咳了一下：“话倒不是这么说，该管的也都还是要管的。”

“问题是那位村长后来又领着人去了坟堆那里，老头寿衣裤兜里的一两百块钱并没有丢，好好地在那里装着呢！他们又寻思着不会是遇到了电视里说的那号偷器官的吧？连忙搂着老汉的尸体上下看了看，啥玩意儿都没少，齐活得很。”

“就只是给剃了个头？”王栋插话。

“是啊！”老板娘继续道，“这大活人有一号病吧？就头上某一块地方冷不丁就掉光没毛了，叫鬼剃头来着。而这老汉也只是少了一块地方的头发，那不就是鬼剃头吗？”

我点头：“哦，所以叫龙流涎鬼剃头？”

老板娘又笑了：“不是我给取的名，至于具体，你要问镇上派出所朱所长去。”

一旁的王栋又插话了：“这就没了？”

“没了啊！”老板娘翻白眼，“哦，只是第一起鬼剃头的事出了后，之后又发现过三四个尸体被刨出来少了块头发的，有两次朱所长他们也还上了坟山去看。我想想，第二次是在哪一年来着……”

正说到这儿，她身后那厨房里传来一个男人恶狠狠的声音：“你有工夫和人聊天，也没空进来帮我收拾这些牛杂碎吗？”

老板娘笑了，冲我们吐舌头，压低声音说道：“我家死鬼又发牢骚了，嘿，栋子，你要了解详细点，去找你家二婶，她能给你说到明天。”说完这话，她起身朝着身后厨房走去，嘴里还喊着：“怎么了？就准你没事和人家小姑娘扯淡，笑得跟个老鸦似的，我和几个帅小伙多说了几句话，你就吃醋了。”

我们仨也笑了，连忙起身，往外面走。

“鬼剃头，嗯，有点意思。”我点上根烟，看了看镇外那些不高不低的土包包山说道。

王栋伸手从我手里的烟盒里抽走根烟："那接下来，要不要真去找下我二婶问问？"

我笑了："你还以为我们都这么闲吗？跑你们山丘镇来听鬼故事？"

"晓波，或者，我们还真可以听听。"长歌在我身后突然说道。

我愣了一下，扭头看了他一眼，只见他脸上的笑也收住了，不像是在开玩笑。

见我这般表情，长歌又继续道："不知道你们有没有去过神经外科的住院部里看过，脑子里面长着什么东西需要动手术的，医生首先要做的第一件事，就是要把病患的头发剃光，有时候也会保留头部其他大部分的头发，用来进行区分。另外，在手术前，医生还会在那被剃光了头发的位置，画上一些点线当作记号。"

"你的意思是，这坟山上的尸体的脑袋被鬼剃头后的模样，就像是即将要送入手术室做脑部手术的病患的脑袋？"我大致明白了他的意思，小声反问道。

"嗯！"长歌点头。

"不过……"我冲他笑了笑，"不过，这似乎不是我们这次过来要查的事吧？"说完这话，我扭头看王栋，"来，摩托车手带路，我们上山找那女孩去。"

"晓波……"长歌伸手拦在了我前面，"晓波，如果我坚持想要去听听这鬼剃头的事呢？并且，我认为这鬼剃头的事儿，或许与你现在正在查的姚沫的案件，有着某种可能的关联。"

我愣住了："长歌，我不明白你所说的了。"

长歌耸肩："也容我卖个关子，现在，王栋领我们去找找你家二婶，听她详细说下这鬼剃头的事吧！"

王栋倒是爽快，一把跨上了他那辆摩托车："行，正好我把这破车也放到她家，开起来响得跟台搅拌机似的。"

"等等。"我叫住了他，并看了看长歌，"如果真要了解这鬼剃头的事，我觉得，我们还是去一趟这镇上的派出所，所长姓朱，我以前和他打过几次交道。"

王栋："对哦！刚英子姐也说了，镇上的派出所为这鬼剃头事件出过两次现场，问他们可比问我那张口闭口大仙大神的二婶强。"

二十分钟后，我和长歌开车进了镇派出所的院子。王栋回去还摩托车，没有跟我们一起过来，他还完车一会再到。

朱所长以前也是市局的，据说也干过刑侦，但队里那几个老刑警说起他来直摇头，说就他那脑壳，适合做片警，干刑警就是个拖后腿的料。

但朱所长自己却不这么认为，调到山丘镇后，工作踏踏实实，任劳任怨。山丘镇本就一小地方，刑事案件不多。也是因为地方小，人口流动也不大的缘故，所以但凡有个什么刑案发生，破案率也挺高。于是，并不适合做刑侦的老朱，在这山丘镇上俨然成了罪案克星，还代表市局去省里开过几次关于如何侦破刑事案件的大会，理论知识越来越足。

所以，这一刻端坐在我们面前的他，在听说我是想了解龙流涎鬼剃头事件后，连忙从身后的书架上，翻出了一本厚厚的笔记本，快速地翻动起来。

"晓波，你朱哥我这人做事，就是重在一个认真。要知道咱干警事的，就是必须事无巨细给记录下来，弄不好什么时候，某个小细节就跟某个大案要案挂上了钩，是吧？”他边翻手里那笔记本，边继续说道，“这调查访问、摸底排队、并案侦查、控制赃物、追击堵截、通缉通报，每一个侦查措施，都务必要仔细留意，做好记录。嘿，干警察的人啊，虽然脑子都好使，但也都不是电脑，是不？而这白底黑字，却是随时可以翻出来的，对不？”

说到这里，他将那本被他翻到了某一页的本子朝我和长歌递了过来：“看看，这就是那鬼剃头事件的记录。”

我探头，只见那本子上密密麻麻写着不少字，还有画图。不过，那字迹我就不敢恭维了，巨丑那种。

我伸手要接他递过来的这本本子，谁知道对面坐着的朱所长突然把本子往后一收，并快速看了我身边的长歌一眼：“晓波，你这位朋友不是我们警察队伍里的人吧？”

我笑：“对，他不是。”长歌不是我们警队的人，老朱这本有着诸多我们内行用词的本子，自然也不能随便让他看的。

“我问你答吧！”我想了想，“他是我同学。况且，这鬼剃头，也正如你所定性的，只能说是个事件，还不能说是个案子。”

“这倒也是。”朱所长笑着点头，“说吧，想知道些啥？”

. 32 .

一问一答……这反倒令平时与人随意交谈时都习惯用上各种疑问句的我，愣了一下。因为，这鬼剃头事件，我们到底是想要了解些什么？对于我这么一个神经外科的门外汉来说，还真是扎扎实实撞到了墙。

我扭头，冲长歌努了努嘴。长歌会意，嘴角往上微微扬起，笑着对面前坐着的朱所长说道："其实，我们主要就是想了解下，那些被剃了头的死者头皮上，是不是被画了些奇奇怪怪的花纹？"

朱所长没有拿正眼看长歌，反倒是沉下脸来，一本正经地扭头对我说道："小夏，你要确定你这位朋友知道了这鬼剃头案件的细节后，不会对之后我们侦破该案带来一些不必要的麻烦咯！"

我连忙点头："没什么问题的。之前你不是也三番两次说了吗？这只是个事件，还不能算是案件。"

"那倒也是。"朱所长这才舒展开了眉头，"如果这是个刑事案件的话，我早就带领同事们把它给破了。要知道，我现在也不是以前在刑警队待着的那愣头青年龄了……"

我见他有点跑题，忙冲他点头："没错，没错。你看，我们还是先说回主题吧！"

"得！那，这位小同志，你刚才问我啥问题来着？"看来，队里的人说的没错，这朱所长的记性确实一般。

长歌依旧笑着："我就是想了解下死者裸露的头皮上，画着一些什么花纹？"

"嗯！这个问题问得很好。"朱所长忙不迭点头，"要侦破这个案件……哦，不，是事件，首先就必须从那些头皮上的花纹入手。之前我们所里有两个刚调过来的大学生，跟我在出事那天上坟山。他们倒好，第一个事就是钻进了草丛寻找所谓的犯罪嫌疑人足迹什么的……"

我只得再一次尝试把他拉回来："老朱，说重点，什么花纹？"

"我不是在说吗？"朱所长冲我翻白眼，接着自己也笑了，"你看我，和你这刑侦科班生在一起，就老是想聊些专业的东西。你们问的花纹吧，怎么说呢？有点像……有点像我们读书时候做的几何试题里面的那些几何图形。”

“能冒昧地问下，你能靠记忆画出那些花纹吗？”长歌小心翼翼地说道。

朱所长摇头：“那怎么可能，都过了几年了。不过……”他从茶几上拿根烟点上，咧嘴笑道，“不过刚才我不是说了吗？咱干警事的，事无巨细记下来总归是个好事。所以，我这本子上，倒是还真有那两次我们上去看现场的时候画下来的那些花纹。”

说完他又拿起了旁边那本笔记本，犹豫了一下，最终在上面折了两个角，盖住了他写上去的那些个歪歪扭扭的字，朝我和长歌递了过来。

是一个并不规范的半圆，半圆里面，有三个黑点，并有线条将之连接起来，形成一个形状有点古怪的三角形。另外，还有一条横穿于三角的粗线。这条粗线像是之后添上去的，甚至还有点歪歪扭扭，显得非常突兀。

“晓波，你这位朋友看起来就像是个做学问的，或许可以明白这画的是什么吧？”朱所长说的自然就是长歌。

“嗯，我在这方面也是外行，只是……只是觉得有点像而已，也不敢肯定。”长歌边说边用手指了指图案上的那半圆，“朱所长，这半圆是在死者头部的哪个位置呢？”

朱所长挠头了，接着叼上香烟狠狠吸了几口，最终指了指自己头顶偏右边的位置：“这个位置，半圆的走向是这样。”他边说边在自己头上比画了几下，最终自顾自地点头，“对，就是这么个位置，这么个大小的半圆。”

“怎么样？现在可以说说你的想法了吧？”我对皱紧了眉头的长歌问道。

长歌摇了摇头：“真不敢确定什么，只是有点像。”他顿了顿，最终咬了咬牙，“晓波，之前我也听说过一些传闻，说被姚沫杀害的死者，头部都有个窟窿。那个窟窿在哪一个位置，方便让我知道吗？”

我脑子里“轰”的一响，紧接着抬起手，用手掌贴合到之前朱所长用手比画的头部的位置。半晌，我沉声说道：“被姚沫杀死的死者的头部伤口确实就在这个区域内。”

“等等，你们说的姚沫，是不是就是这些天里正在全市大规模搜捕的开颅人屠姚沫？”朱所长也一下伸长了脖子，“嘿嘿！不会是……不会是开颅人屠案，会要与我们这里的龙流涎鬼剃头事件并案吧？”

我连忙冲他摇头：“可别这么武断，目前看来，应该只是巧合……”说到这儿，我脑海中，那张王栋拍回来的与林珑有着几分相似的女人相片瞬间跳了出来。

我顿了顿：“朱所长，今晚我会和我朋友上龙流涎上去看看，如果真有什么需要你帮助的，我再给你打电话可以吗？”

“没问题。”朱所长重重点头，“今晚我在所里值班，你有啥事，我二十四小时待命就是了。”

“对了，我想问下这山丘镇的医院里，有没有神经外科大夫啊？我想找他们问点事。”长歌插话道。

朱所长摇头：“就是脑外科吧？咱这儿没有。这么高级的科室，只有市里面才有。对了，咱海城市人民医院的脑外科不是很有名的吗？”

他的这句话，让我想到了戴琳，她正是市人民医院神经外科的医生。紧接着，我又想起，之前掏出手机给朱所长打电话时候，手机上显示有未读信息。而我之前给戴琳发完信息后，寻思着她不会回信，所以也没记挂这事。

我连忙拿出手机，按开收信箱，发信人竟然真是戴琳。

今晚我一个人在家。

我的心往下一沉。戴琳回的信息，是应允了我今晚可以去她家。但这一会的我，还在山丘镇，准备上这么一座叫作龙流涎的坟山，并很有可能要在山上过夜……

我将她的这条信息删除，长出了一口气："长歌，我们还是先上山去看看。如果真如之前那面馆老板娘说的，山上很少有人留宿的话，那我们也不一定需要在上面过夜了。"

"但是我觉得，我们今晚还可以在那山上随便走走看看。要知道，这条线摸下去的，线的那一头很可能就是你所心心念着的连环杀人犯姚沫。"长歌扭头过来，对我如此说道。

这时，我在他的眼睛里，看到了一丝不易察觉的光芒，转瞬而逝。莫名的，我有了一种预感，他似乎在实施着某一项计划，而这计划，又似乎与我相关。

朱所长想要打听我们今晚具体有哪些行动，他愿意做帮手，被我婉拒了。接着，他又提出让我们的车停在派出所的院子里，他开所里的警车送我们到山下。毕竟谁都看得出长歌的是新车，而去往龙流涎的路已经到了镇外，不太好走。

与之前坚持要将车开过来时态度不同，长歌这会儿倒是关心起自己的爱车来了，反复问了好几次路况如何之类的话，言下之意，是可以考虑接受朱所长的提议。但最终，还是被我拒绝了，要求自己开车过去。原因有二。首先，我今晚这趟差事在目前看来，能确定下来的依旧只是找寻长得像林珑的一位上山女子，并不是警事。那名女子是否还在这山上，也不一定。

至于，第二个原因……

第二个原因是，我还是想着晚上能够开车赶回海城市，回到那位我并不想太过亲近，潜意识里又渴望与之亲近的女人身旁。

所以，我连忙说不想麻烦朱所长，并解释如果送我们过去了，我们回来时候又要去山下接我们，挺麻烦的。到王栋送完摩托车赶回来时，朱所长也不再坚持了，在派出所院子里一再叮嘱有什么情况随时给他打电话，然后和我们挥手告别。

开车的是王栋，这家伙一路上嘴也没停，有一句没一句继续说着这龙流涎上的事，但也没有个新的信息透露出来。所幸去往龙流涎的路虽然不太好，但路上没车，也开得顺利。当我们抵达龙流涎下时，刚好五点。

与其说是山，不如说是个土包。毕竟在我们珠三角，又有几座真正算得上山的山呢？我们将车停在山下一块专门开出来的平地里，给了戴红袖章的老头十块钱停车费，然后站在那块写着“龙流涎”三个字的大石头前抽了根烟，便拔腿上山。

路上还是没人。王栋便给我们耐心讲解，说埋人一般都是上午，烧纸这些也都要在节日。再说了，这龙流涎上虽然有着传说——真龙护佑，但始终是个坟山，平常人不遇白事，也不会来这么个鬼地方的。

他说到“埋人”这两个字的时候，我不由得深吸了口气。再加上周遭也弥漫着一种肃杀的气氛，深秋的风儿刮过来，在这么一个埋了诸多死者的地方，似乎应该称之为阴风阵阵吧？这风刮得令人不寒而栗。

一路上长歌却没有说话，只是不时抬手，看看自己的手表。我留意到他这个动作后，便也刻意多看了几下时间。五点半，我们就走到了王栋所说的位于山顶的空地，并看到了他所说的那所道观。只是，与其说是道观，不如说是一家农家乐来得实在。就一小院，小院里有一座三层楼高的白色小楼。门口还拴着两只羊，放养着一群鸡鸭。王栋小声嘀咕了一句："或许这庙里的斋饭也走了样，可以点菜现杀现做呢！"

我白了他一眼，率先走进了院子。一抬头，只见那栋小楼大门上，还真挂了块匾，上面赫然写着"龙流涎大殿"五个大字。旁边的邵长歌扭头问我，和我对视一笑，为这地方上简单粗暴的民间文化所折服。

一个穿着一件很花哨的长袍的老头，冷不丁从大殿里钻了出来。他的长袍有点滑稽，袖子是灰色棉布的，胸口却是绿色间白色条纹的，好像一个围裙一般。

接着，他将双手在身上擦了擦，伸到身后摸索了一下……我所以为的围裙，居然真是个围裙，被他解下来往旁边一扔："两位施主，是来住店呢，还是吃饭？"

我看了看他那不长不短的头发，也不知道他称呼我们施主，并问上这么一句俗世里的话语，是将自己身份摆放在僧或道或俗的哪一方，便只能笑着说道："这位大爷，怎么称呼？"

王栋却没有给时间让这老头回话，他从我和长歌身后钻了出来，冲老头大声喊道："刘叔，是我，又上来了。"

被称为刘叔的老头脸上的笑容一下就没了，冲我们翻了个白眼："我还以为来了生意，原来是你这小子。怎么了？早上你们做白事时，落了什么东西在山上？”

王栋赔笑：“没。就是我这两同学，过来我们山丘镇玩。咱这也没啥好玩的，所以就领他们上这龙流涎来看看。”

刘叔依旧板着脸：“没地方看了，跑到坟山上来看？有啥好看的呢？”

长歌往前跨出一步：“听说，你这里有干净房间，可以开给善男信女过夜。”

刘叔一愣，那脸倒是变得很快，笑容即刻再次爬上了面容：“有的，有的。不过……”他似乎想起了什么，收住笑做虔诚状，“不过我们这些客房并不是营业用的，而是方便上山来拜祭先人的孝子孝孙，或者信真龙的老头老太的。有些简陋，你们这些年轻人可能住不习惯。”

“没关系。我们也是听王栋说了真龙的故事，所以想要在这儿沾沾龙气。”长歌连忙说道。

刘叔：“那就是要开三间房啰，一间一百二，开三间我给你们个优惠价，三百块钱怎么样？”

长歌点头：“没问题，就三间。”说完这话，他掏出钱夹就要给钱。

我伸手拦住了他：“开两间吧！我晚上……晚上可能还要赶回市里有点事。”

长歌愣了一下：“之前你也没说有事啊！况且……况且今晚……”他说到这儿住嘴了，用有点奇怪的表情看着我。

他的这一表情，令我越发感觉今天的他有点异常。要知道，我们今天特意过来要找的女人，如果确实是在山上的这个所谓道观里住着，一会我们和这刘叔套个近乎后，就能够问出结果，甚至还可能见到，所以完全没有必要非得在这过夜的。又或者，这龙流涎鬼剃头事件，既使真与开颅人屠案有一些关联，也不需要在今天晚上去摸索什么，明天白天过来也可以再查的。毕竟，从山丘镇到海城市一个来回也就一个多小时而已。

我开始意识到，这一刻站在我面前的邵长歌，或许有了什么不想让我知晓的目的。只是，他又有什么事是不想让我知晓的呢？他心心念着的只有一个林珑，而我之所以与他跑来山丘镇，也是为了林珑。那么，他没什么事是需要对我隐瞒的才对。况且，能有我帮着寻找林珑，对他而言应该是求之不得。

我没说话了，扭头避开了他的眼睛。一个如他般的心理咨询师，是能够从人的眼睛里解读出很多信息的。

“看情况吧！实在不行，我就回去一趟把事给办了，之后再赶回来也行，反正来回也就这么一个多小时。”我这么说道。

站在我们旁边的刘叔反倒急了，以为我们是嫌这里条件不好或者太贵的缘故，连忙对我们说道：“嘿！不行的话，我再给你们优惠二十，两百八怎么样？放心了，这山上虽然就我老汉一个人管着，但房间里收拾得可干净了，被褥都是半月一洗。”

王栋笑了：“刘叔，你上来承包这招待所以前，可是镇上出了名的邋遢。现在在这儿说半月一洗，谁信啊？”

刘叔抢白：“反正我一会开给你们的房间，都是刚洗过刚换上的干净被褥。两百六，再少我也不做这个生意了。”

长歌从包里掏出几张钱塞到了他手里：“行了，你也不用给我们说什么了？多的算我们给你这庙捐的香火钱。对了，有斋饭吧？给我们做点呗！”

刘叔喜笑颜开：“有的，有的，正在做。”

我心里一动：“正在做？是……是还有其他人在这里住，要吃你做的斋饭吗？”

“有啊！”刘叔点头。

我不动声色：“他们几个人啊？可别把菜一起炒，我们仨吃的要单独做。”

刘叔弯腰去捡地上的围裙：“就一女人。况且也还没开始炒菜，一会我自然会把你们的饭菜分开做的。”说完这话，他伸手从那大殿门口的一张桌子上拿了个本子递过来：“看看，这是菜谱，要吃什么菜自己点。”

王栋嘀咕道：“不是斋饭吗？”

刘叔笑：“斋饭也想要你们吃得香下次才会再来嘛！再说了，栋子你又不是不清楚，我这实际上就一小客栈而已。”

他说这话的时候，我偷偷瞟了一眼邵长歌。他望向刘叔的眼神开始变得发直，喉头抖动了几下。我知道，他是因为知道另一位住客是女人的缘故……

“我……我们一会……一会，会不会见到另外那个女住客啊？”他终于开口说道。

“没问题啊！”老刘点头，“她就在后面帮我淘米呢？”说完这话，老刘伸长脖子，对着后面大声喊道：“夏小妹，夏小妹，出来下，领你见几位有缘人。”

后院传来一个清脆的女人声音：“谁啊？”

脚步声由里往外传来。

我看到，长歌长吸了一口气，甚至用手将西服微微整理了一下。

一位满头白发的矮个子老妇，笑嘻嘻地走了出来。

“有缘人！”刘叔对她笑着说道，“能在这么个夜晚，齐齐聚在龙流涎上过夜的，都是有缘人。那歌词里怎么说的来着？有缘千里来相会，百年修得同船渡。”

叫作夏小妹的老妇点头：“是，是，也算是缘分。”

王栋瞪着大眼：“这……这就是今晚在这留宿的女……女人。”

老妇笑了：“你得叫我大妈。”

我有点尴尬。扭头望向长歌，并指了指自己的手机。长歌虽然与我有七年没有在一起，但毕竟是发小，自然猜得到我想直接拿出王栋拍的相片上前问询。

他点了点头。

“对了，刘叔，我还想向你打听个人。”我边说边从手机里翻出那个酷似林珑的女人的相片，朝他递了过去，“是我们一位老同事，我们就是听她说起过这里很灵验，才想要来这住一晚的。现在她从我们单位离职，断了联系，也不知道她现在还会不会来您这里辟谷？”

刘叔接过手机看了看：“这姑娘挺眼熟的，好像是来过……不过，又好像不是在我这里见过。”

“那是在哪里见过呢？”我追问道。

刘叔想了想：“也应该是在龙流涎上见过的，但绝对没在我这里住过。”说到这里，他将手机朝我一递，扭头对着手里拿着那本菜谱的王栋说话了：“点好菜没？都这个点了，我要赶紧给你们去做了。”

站在一旁的那满头白发的老妇却“咦”了一声：“照片里的姑娘我年初上山给我那死鬼老公扫墓时，好像见过一次，长得不差，可身板挺厚实的，好像还是个哑巴。”

“哑巴？”我忙望向老妇：“你说这个姑娘是个哑巴？”

“是啊！她好像还是个不会哑语的哑巴，我邻居就住过一个哑巴，我会一点哑语。但上次我见这哑巴姑娘后，用哑语和她聊天，她冲我摇了摇头，转身就走了。看到你这照片，我才想起来。”说完这话，老妇跟随着往后院去的刘叔走了。

有一个酷似林珑，又有着厚实如男人身躯且屡屡现身于这龙流涎的神秘女子。并且，见过她的人认为她是个哑女，但作为一名哑女，她又不会哑语。

我深吸了一口气，秋天山顶的空气进入鼻腔后，迫不及待钻向了人骨子深处。我隐隐觉得在这龙流涎上，或许有一些谜底是关乎林珑，又或许关乎姚沫的。

想到这里，我又望向了邵长歌。而他似乎发现了什么，大步朝着挂“龙流涎大殿”扁额的房间走去。

. 33 .

我追上已经迈入大殿的长歌，小声问道：“怎么了？”

长歌看了我一眼，接着抬手指向这大殿左边的那面墙：“如果，林珑或姚沫来过，我们或许可以找到他们来过的痕迹。”

我扭头，只见那边挂满了很多层红色的绸子，与大殿正面供奉着的几尊道家大神雕像背上披着的披风一样的材质。绸子上，密密麻麻地写着字，三三两两连在一起，似乎又不是一次性写上去的。

王栋也跟了进来，见我们看着那面墙与墙上挂着的红色丝绸，便忙解释道：“这是功德壁，作用和其他地方的功德簿差不多。咱山丘镇民风彪悍，所以这道观落成后，很多人捐了香火，都想在这墙上留个字。后来这里的老道就想了这么个馊主意，挂上红绸，大伙都在这红绸上留字。写满一块，又加一块，也算是循环使用这功德壁的好办法。”

我笑了笑，大致明白了长歌之前那句话的含义。我率先往前走去，并对身后的他俩说道：“那现在，我们就用点蠢办法，看看能不能在这上面找到林珑或者姚沫来过的痕迹。”

长歌叹了口气，默默跟上。王栋却对着这大殿供着的那三位大神跪下了，很严肃地磕了几个头：“老君啊老君，我们就看看，您老不会介意的！”

这间被命名为“大殿”的房间有一百多平方米，却只有一盏100瓦左右的灯泡孤零零地挂在中央。深秋的天黑得比较早，就算是我们这南方滨海小城也难以幸免。面对着好几面四米多高写满名字的红绸，想要在其间找出我们所想要的字来，很有些吃力。

尽管如此，我们仨还是一横排站在这堵功德壁前，认真地看着那些密密麻麻且潦草难看的签名。所幸位置比较上的红绸上空空荡荡。而一人高的位置，我们略微靠近点，还是能够借助微光将一个个签名看个清楚。

这样层层叠叠的红绸，有四五十块吧。到老刘喊我们去后院吃饭时，我们仨也还只翻了不到小半。我忍不住对王栋嘀咕了一句：“就一座坟山，有这么多香火吗？”

王栋笑：“问题是，这道观是新中国成立前就砌在了这里，破四旧那会儿，镇上几个老太婆把当时已经有了三四十块的红绸偷偷藏了起来，之后政策放开了，才重新挂出来的。”

“难道这上面有些签名，还是几十年前的人留下的吗？”我问道。

“可不是吗？”站在一旁等我们随他去吃饭的老刘也笑着插话道：

“你们瞅瞅那些看不清的墨汁印，大部分都是旧时候的人留下的。如果贴在鼻子上闻，还能闻到墨汁的臭味。”

“也就是说，越往后一点的绸子年代就越远啰？”我扭头过来。

“都打乱了。现在的人用的笔小，写出的字也小，占地方不多。写大字的旧绸子上还有很多空白的地方，所以都被再次挂出来，给现在的人写写，也是好事啊！”老刘答道。

我又看了还在那些绸子上仔细寻找的长歌一眼：“喂！听到没？几十块这样的红绸，几十年的人们在上面的签名。就算找到了林珑确实来过的痕迹，又有什么意义呢？走吧，走吧！先去吃饭吧。”

长歌回头，对着我微微笑了笑：“问题是，我回来的这一个多月里，连林珑去过哪里的痕迹，也没有捕捉到丝毫呀！”说完这话，他摇了摇头，跟着我们朝着后院走去。

刘叔与那位老妇并没有和我们一起吃饭，而是在后院一旁的厨房里摆了张小桌子自顾自地吃着，小声说着话。老妇望着刘叔的眼睛，始终是眯眼笑着，有着情愫从中溢出。而世故的刘叔看对方的眼神中，也洋溢着丝丝情义。

他俩的亲密举止令我内心深处那些缩在角落里的柔软，又开始微微蠕动。天已经暗了，我与戴琳约定的夜已来临。看来，我又要与之错过了。

长歌始终没有说话，静静地端着饭碗，静静地咀嚼，静静地吞咽。我突然间觉得自己是多么的滑稽，滑稽到将时间耗费在帮助他人寻找他错过了的女孩身上。而自己？却正在错过与戴琳共处的时刻。对于戴琳而言，我错过的本就很多，皆因我的不想承担：错过了她的白天、她的美丽；也错过了她的悲伤、她那孩子的离世。我脑海中似乎出现了一幅画面——看似骄傲独立的她，蜷缩在医院的某个角落里，手里拿着孩子的病危通知单。那一刻的她，脸上应该布满了泪痕，心痛到无法呼吸。她应该想要有个肩膀靠靠……也只是想靠靠而已。

我猛地站起了，冲长歌和王栋说道："我今晚还是要回海城，明天一早就回来。"

长歌愣了一下，他似乎想要我留下。但他又有什么理由，可以让我留下来陪着他在这里过夜？最终，他还是掏出了车钥匙朝我递过来，并小声说了句："那你明天一定得回来，我们……我们还要一起在这山上找找那个奇怪的女人。"

我点头，接过了钥匙，往山下走去。

夜晚山间的风很凉，那轮弯月旁，有一层黑纱时不时将它遮住，又时不时让它普照。布满了坟墓的山林里，树枝与树枝碰撞着，沙沙作响，宛如死者的轻吟。

总不能等到失去后，才想要紧紧握住。

也不应该等到再也无法再见时，才心心念着伊人的美好。

正如林珑与长歌的故事。

那树林里，树枝与树枝继续碰撞着，沙沙作响，宛如死者的轻吟，又宛如那布满坟墓的暗影深处，有某人跟随着我行进着的脚步……

第十二章

若能，我想换你记忆消散

负责记忆存储的海马体若被切除，以前的记忆将会一同消失。“5”字形伤口和脑部手术标记线，深山中的掘墓人。“不要闹，你这恶魔”——莎士比亚《李尔王》第三幕第四场台词。美国畅销小说《24个比利》。

海马体（Hippocampus），又名海马回、海马区，它因为和海马的形状相似，所以被称为海马体。海马体位于大脑丘脑和内侧颞叶之间，属于边缘系统的一部分，主要负责长时记忆的储存和定向等功能。科学家们注意到了大脑海马区和记忆之间有着某种微妙的关系，但又无法将记忆与海马区间的神经活动相连接。研究还表明，如果切除掉海马体，那么以前的记忆就会一同消失。不过，海马区的神经细胞又是如何将信息固定下来的？这一问题也一直没有得到解决。

. 34 .

在驱车开回海城市的路上，我接到了两个电话。第一个是杨琦打过来的，她告诉我姚沫和林珑长相的相似度并不是很高。但有一点必须说明的是，她用来进行比对的照片，只是姚沫与林珑留在市局电脑系统里的证件照片而已。况且她也说了，有很多双生子，会下意识地令自己与对方有更为明显的差异，其中，或许也包括了当下我们正在研究的姚沫与林珑。

当我快开进戴琳家的小区时，第二个电话打了过来，打电话的是邵长歌。

“晓波，我想，我们找到了姚沫留下的签字了。”他在话筒那头说道。

我愣了下，但紧接着又意识到他的这一发现，只能证明姚沫在之前的年月里曾经到过龙流涎，并不能说明就是这个夜晚。于是，我淡淡地问了句：“字迹大概有多久了？”

长歌回答：“应该有不少时日了。我们所找到的签名也不是写着姚沫。”

“签的是景放？”

“是！”长歌接着说道，“不只是签名，还留了一句话。”

我将车停到了路边：“写的是什么？”

长歌在听筒另一头沉默了，几秒后，他沉声说道：“穷我余生，换你关于他的记忆消散。”

“穷我余生，换你关于他的记忆消散。”我重复了一次这句话，“什么意思？就这么句话？下面落款用的是景放？”

“我拍了照，发到你手机了，你自己看看。”长歌说完便挂了线。他很消沉，如一个让人无法看清的深渊。

图片有点暗，但那一行字很清晰，应该是一旁的王栋用手机给他补了光。上面也确实只是如长歌所说的那么一句话，最后的“景放”两个字签得很小也很工整，看得出签字人在写出这两个字时心怀无比的虔诚。

换你关于他的记忆消散……

我放下车窗，点上了一根香烟。不远处，戴琳住的小区闪烁着如同天空繁星般的亮光，温暖触手可及。

是姚沫写下的吗？如果是，那么，他是想要“谁”忘记关于某个“他”的记忆呢？

我想起了那种叫作榴杧千层的蛋糕，一度是林珑的最爱。而年少时候的姚沫，不惜被扭送到派出所，身上所揣着的，也只是林珑喜欢的榴杧千层。作为孤儿的姚沫，在这人世间似乎也没有任何能够令他挂念的人儿，除了他的双生子妹妹——林珑。那么，他的穷我余生，所换的那个“你”，会不会就是妹妹林珑呢？而林珑的世界里，最为挂记与难忘的人，也只可能是邵长歌。

那么我是不是可以把这句话解读成为——姚沫将穷自己余生所有，来换林珑脑海中关于邵长歌的那段记忆消散呢？

都只是揣测，始终不曾找到实证。这时，我又想起了朱所长笔记本上奇怪的图案。

长歌说过，鬼剃头事件里，画在死者头上的图案，像是神经外科大夫在手术前画的线。而戴琳不正是市人民医院的神经外科大夫吗？

想到这里，我再次发动汽车，朝着戴琳所住的小区开去。我本单纯地想要给予她一段相处的时间，就这么不经意地带上了其他的目的。

我将车开入停车场，戴琳的车靠里停放着，给我留了位置。我停好车，上楼，用钥匙开门。

一楼的客厅依旧静悄悄，之前有过孩子偷偷看我的那个房间方向，没有一丝光亮与声响。戴琳给我回的信息里，说今晚只有她一个人在家，那么，与以往一般蜷缩在一楼房间里的一老一少，都不在了。

她的女儿已经没了，她的母亲或许如同逃离一般，离开了本属于她们的这个家。

我换上鞋，往楼上走，最里面的房间有光。

“晓波，是你吗？”戴琳的声音从里面传来。

“是我。”我走入了有她的世界，然后，那光亮消失了，温热的她迎了上来，搂抱着我。接着，她开始抽泣，却又近似疯狂地亲吻我，撕扯着我的衣裤……

我不知道自己在她的世界里，究竟是什么一个位置，正如我也不知道在我的世界里，她究竟是什么一个位置一样。我所知的是，亲密相拥的时刻，我与她宛如整体，要一同面对寒风暴雨的整体。

走出浴室的我，迎上的是半靠在床上的她冷漠的眼神，仿佛亲密时间里的她，早已从她温热的身体里抽离了。

“你如果要在这里过夜的话，书房里的床可以睡。”她别过了脸，这么说道。

正朝她迈步的我，略为尴尬地停下了脚步。本来想要安抚告慰的话语，在这一刻显得那么奇怪。

“这几天……这几天经手一个连环杀人犯的案件，有点忙。我是个刑警，你一早就知道的。”

“嗯！”她依旧没看我，望着窗外的漆黑世界，“你们男人都有着广阔的世界，我们女人记挂着的只是一两个身边的人儿而已。”

“对于你孩子走了的事，我很……我很……”我找不出应该用的词汇了。

“本来就与你无关。我那天给你打电话，只是突然间感觉无助，感觉害怕而已。”她望着漆黑世界继续道，“果果是个唐宝宝，唐氏综合征。生她的时候，医院里的医生是以前在医科大的时候带过我的，所以她偷偷问我，还要不要这个孩子？我当时咬着牙，说要。那老医生便叹气，说戴琳啊，人世间有着很多很多的选择时刻，但不能感情用事。因为我们的一念之差，面对的可能就是深渊万丈。并且……”戴琳抽泣了，“并且孩子的父亲，视我为玩具，玩腻了，早就不见了。”

她转过头来，泪流满面：“只是，果果有什么错呢？她又有什么错呢？她来到这个世界，看到的一切与其他孩子相同，世界看她，为何又是不同呢？我看了很多案例报告，唐宝宝也会养得好的，只要我辛苦一点，她就能和普通孩子一样，过上正常人的生活。可是……可是……可是果果为什么就不肯等呢？为什么要那么急匆匆呢？”

“那天早上我还看到了她，好好的啊！为什么一下子就走了呢？”我小声说道。

戴琳深吸一口气，摇头：“感冒，普通的感冒而已。她的心脏没有长好，其实只要动下手术就可以了。但果果还太小了，我总是想让她再长大一点点。只是……只是我怎么知道她会再也没有长大一点点的那一天呢？”说到这，她终于号啕大哭起来。

她的眼泪，让我的心也隐隐作痛。我有点笨拙地上前，站到她面前，伸出手，将她泪流满面的脸庞贴到我的身体上。

许久，我就那么站着，任由戴琳那么哭着。

是的，我并不是一个懂得如何让女人止住眼泪的男人，甚至，我本就是一个在男女情事上这般生疏的男人。我压根不知道如何抚慰戴琳，甚至我会以为，一个如她一般外表坚强的女人，需要的，或许只是这么靠靠就足够了吧？

我那摆放在床头柜上的手机，却在这个时候不合时宜地响了起来，是王栋打过来的。我抬手过去，将电话按掉。紧贴着我的戴琳，似乎也被这一突然而至的声响惊扰。她努力止住哭，扬起脸看我。

“今晚没什么要紧的事。”我柔声说道。

可我的话音刚落，电话又一次响起了，还是王栋。

“你接吧！”戴琳边说着，边直接伸手，为我按下了接听键。

“晓波，你什么时候过来？”王栋在话筒那头焦急地说道。

“明……明早吧！”我转过身往阳台走，不想让戴琳听到话筒那头的着急声音。

“你尽量今晚就过来吧，长歌他一个人出去了。”王栋继续道。

“出去？他出去干吗？”我追问。

王栋：“刚才我们拉着刘叔闲扯时，他说起这山上有一个废弃的防空洞。而之前你不是说，在荒郊找人就瞄三个地方吗？坟堆、庙宇和山洞。长歌问了问那防空洞大概的位置就回房了，刚才我过去敲门，发现里面没人。他十有八九是一个人钻这坟山里去找那个防空洞去了。”

一股莫名而至的怒火，瞬间在我心底燃起。其实我心里也明白，这些天里对于长歌的零碎埋怨积压而成，只是此刻爆发而已。于是，我对着话筒冷冷地说了一句：“他爱怎么样就怎么样，不关我事。”

说完这话，我挂线了。可转过身后，我看到的却是戴琳歪着头看我的眼神。

“晓波，你有事要走，就走吧。”她淡淡地说道，“我比你大，又有过孩子，我从来就没想过要拴着你。”

“我……我……”我想要说出口的话语，是要告诉她自己会选择留下。但长歌要去的防空洞，很可能是一名极度危险的连环杀人犯的藏身地。

尽管只是可能，那可能的后果呢？

手机又响了，还是王栋打过来的。我深吸了一口气，不再看戴琳的眼睛：“我想，我还是要过去看看。我尽量……尽量明天晚上再过来好好陪陪你。”

“嗯！”戴琳应了。

我有点狼狈，朝着衣架走去。这时，我猛然想起了鬼剃头事件里的那诡异图案。

“对了，戴琳，可以问你个事吗？”我扭头冲她问道。

“你说。”她那本已经暗淡的眸子里，有着光亮在燃起。

我向床头柜走去，那上面有我需要的纸和笔。我的这一动作令戴琳误会了，她上身抬起，仿佛等待着迎合我的靠近。

我抓起了纸笔，画出了朱所长那笔记本上的图案，然后用手在自己头部靠右边的位置比画：“这是不是你们做脑外科手术之前，在病人头部为切入而做的标记线？”

戴琳愣了一下，脸上已经弥漫开的暖意又一次熄灭。她苦笑了一下，低头认真看了看纸，又看了看我的手比对的位置：“没错，这是做脑部手术之前的标记线，而且，目前你画出来的图案与所覆盖的位置，指向的应该是海马体。”

“海马体？负责记忆存储的海马体位置？”

. 35 .

海马体（Hippocampus），又名海马回、海马区，它因为和海马的形状相似，所以被称为海马体。

海马体位于大脑丘脑和内侧颞叶之间，属于边缘系统的一部分，主要负责长时记忆的储存和定向等功能。自20世纪50年代开始，科学家们就已经注意到了海马体和记忆之间有着某种微妙的关系，但又无法将记忆与海马体间的神经活动相连接。研究还表明，如果切除掉海马体，那么以前的记忆就会一同消失。不过，海马体的神经细胞又是如何将信息固定下来的？这一问题也一直没有得到解决。同时，心理学家与神经学家对于海马体的作用也存在争论。但双方都普遍认同海马体的主要作用是将经历的事件形成新的记忆。这里所说的新的记忆，便包括了情景记忆或者自传式记忆。

离开戴琳后，我的脑子冷静了下来。将我的思维又一次激活的，是之前长歌他们在那块红绸上所发现的疑似姚沫所留下的那句话——“穷我余生，换你关于他的记忆消散”。众所周知，海马体的功能正是与人的记忆相关，而戴琳告诉我，鬼剃头事件里那图案的位置正好指向海马体。

目前，我们可以初步认定姚沫就是鬼剃头的始作俑者。那么，在姚沫的想法里，将记忆清理的方法，有没有可能与大脑丘脑和内侧颞叶之间的海马体有关呢？

开颅人屠，用非常精细的手艺，做着一件让人无法理解的匪夷所思的事——摘取掉受害者脑部的某一部分脑组织。之前杨琦他们也提到过，因为连续几次发现的被开颅人屠杀害的死者的尸体都已经高度腐败，所以无法得知脑部组织的具体缺失部位和分量。

不过……不过那具死于精神病院的脑出血患者的尸体呢？

我掏出手机，上面显示着时间——11:46，已经很晚了，但对工作在刑侦一线的人而言，这个时间段又算得了什么呢？

我又一次打给了杨琦。

“晓波，又怎么了？”她的声音有着微微的倦意。

“开颅人屠弄走的脑部组织大概在哪个位置，能确定吗？”我直截了当地问道。

“不能确定。”她也很直接地回答道，“因为尸体高度腐烂了，我们能发现罪犯拿走了一部分脑部组织，这一结论的确定已经是算很厉害了。”

“海城市精神病院那个死者的尸体不是没有腐烂吗？”我又问道。

杨琦："嗯，但他确实是死于脑出血。之后我们尸检时候也发现，应该是姚沫对他下手时，那根伸进他脑部的硬物，将他脑部的血管弄破，所以造成了颅内大出血。"

我还是不太死心："那么，凭你的经验，姚沫伸进这名死者的脑部的硬物，指向的是大脑的哪一个位置呢？"

杨琦在电话那头沉默了几秒，最终答道："应该是大脑丘脑与……与颞叶的位置……"

"会不会是海马体？"我没等她把话说完，便抢问道。

"咦，你这么一说，还真的可能是海马体的位置。另外……"她又顿了顿，"另外那几个死者脑部受损的位置，应该也都是在那附近。"

"好的，我明白了。"

"晓波，你又有什么发现了吗？"这下轮到杨琦问我了。

"还不能确定，之后我再打给你吧。"

杨琦："好！"

我将车窗打开了，任由冷风从我敞开的衣领处钻入我的身体，凉意令人越发地兴奋。

穷我余生，换你关于他的记忆消散——这句很可能是姚沫在龙流涎上留下的话，说明了他一直想做的，就是要帮某人清除一部分记忆。而成为开颅人屠的姚沫，在受害者脑部提取走脑组织的位置，又正是负责记忆储存的海马体位置。

我点上了一支烟，车也开得更快了。我隐隐约约觉得，自己与真相的距离正在拉近。在那终点，不但有着姚沫杀人的真正目的，或许还有那位叫林珑的女人，正等待着被她的双生子哥哥抹去掉一段不好的记忆。

至于那段记忆相关的人……

邵长歌那始终带着忧郁的眼神，在我脑海中又一次出现。

我打给了他，打给了这会儿应该一个人钻进坟山深处，去寻找防空洞的他。

“嘟嘟……嘟嘟……”他的电话没人接听。

我只能又打给王栋。

“得了，得了，你来不来无所谓。”很明显，王栋因为我之前在电话里对他的不客气以及之后又挂掉他的电话而大为光火。

“我在回来的路上，应该一个小时就可以到山下。”我没解释，沉声说道。

“这还差不多。”他的语气稍微平和了，“我现在在去找长歌的路上。这鬼地方阴森森的，比我们那殡仪馆都吓人，你尽量开快点。”

“长歌的手机怎么没人接了？”我打断了他。

“他没拿手机出去，否则，我怎么要亲自钻坟山去找他呢？得了，你别废话了，早点回来吧。”王栋说到这打了个喷嚏，电话也被他直接挂线了。

我苦笑了，能想象得到这一刻的王栋一定已经钻入了阴暗的山林中，寻找着一意孤行的邵长歌。不知道怎么回事，这一画面在我脑海中浮现的同时，我又感觉到一种温暖，来自多年前我们三个毛头小孩同进同出时候的温暖。

我摇了摇头，将油门踩得更大了。谁让我们是好朋友呢？尽管，我们多年没见，尽管我们生活在各自不同的世界……

一个小时后，我将车停进了龙流涎山下的停车场，就在这时，我的电话再次响起了，还是王栋打来的。

“喂！我已经到山下了。”我没等他开口催，主动说道。

“我……我也快……快到山下了，你等……等……”他气喘吁吁，“我看到你了，你……你快过来。”

我一抬头，上山的小路上，王栋正朝我奔跑过来。我连忙迎了上去，可他第一时间对我做了个收声的手势。

他们一定有了什么发现。

“我……我们看见了一个……一个掘墓的人。”王栋还有点喘，小声说道。

“在哪里？”我问道。

“不远，长歌守着，我下来给你打电话，想着你也差不多到了，正好领你上去。”王栋总算能好好说话了。

我脑海里却突然浮现出长歌在今天下午一度奇怪的眼神。如果王栋所说的掘墓人，可能是姚沫的话，那么，这一刻的姚沫，岂不是和长歌单独在一起。并且，在长歌的是非错对世界里，他对于姚沫的定位是，他这次回国后，唯一一个聊得来的朋友。

我惶恐起来，对王栋问道：“是长歌要你下来的吗？”

王栋重重地点头。

我咬了咬牙，习惯性地摸了下后腰，结果发现自己连手铐都没带，我的车也停在了学校。我犹豫了一下，寻思着要不要给朱所长打个电话请求支援。但转念一想，王栋和邵长歌，一个是殡仪馆干遗体化妆的，一个是大学里教书的，有些推断如果过于武断，似乎也不是一个专业的刑侦人员所体现出来的素养吧？

想到这里，我便断了给朱所长打电话的念头，拍了拍王栋的肩膀，和他一样压低声："先领我上去看看。"

快步上山的路上，我又问了一番这一个小时里所发生的事情，可爬山本就比下山还要吃力，王栋块头又不小，他大口喘着气，也说不出太多所以然，只是一个劲告诉我："很快就到，你自己看了再说。"

十几分钟后，他领着我离开了上山的小路，开始往林子里钻。他的速度也放缓了下来，小心翼翼地避开树和灌木，免得发出太多声响。月夜透着微光，我们本应该可以看到一定距离的景物，但午夜已至，树林间又弥漫上了一层雾气，偶尔几点闪啊闪的蓝色火焰，提醒我们，这是一片埋葬着诸多亡人的坟场。

就这么又走了几分钟，王栋弯下了腰，脚步更轻了。我明白，目的地应该就在不远的前方了。这时，我踢到了一块硬物，低头一看，是一块不小的灰色石头。我连忙将石头捡起，紧握着跟在王栋身后，继续往前。

"不对啊！之前我下去的时候，长歌就是在这个位置猫着的啊。"王栋对我小声说道，并举起了手，指了指不远处一个高耸的墓碑与墓碑后的坟堆，"掘墓贼之前就是在这里折腾那个坟，长歌说自己负责守着，要我下去接你。"

"可……可长歌呢？"我有点着急了，想要直起身子往更远的地方看。但周围的雾气很浓，能见度也远不到哪里去。

"他不会是出了什么事吧？"王栋冷不丁扔出这么一句话来。

"嘘……"我喝住了他，并望向了山林中的另一个方向，"听，那边好像有声音。"

王栋也连忙朝着那个方向扭头，并和我一样屏住了呼吸。"哒、哒、哒……"硬物与泥土敲击的声音隐约传来。

我对着王栋挥了下手，率先弯着腰，朝声音传来的方向走去。王栋在我身后嘀咕了一句：“乖乖，不会是在动我家今天埋下的那个坟吧？”

我扭头瞪了他一眼，王栋收声，跟在我身后，一起朝那边走去。

大概走了有十几米远，从我们右边的一棵树后，传来了有人小声吹气的声音。我和王栋一下猜到了是谁，因为那时候我们仨考试，邵长歌要将答案扔给我们时，正是发出这种细微的又绝不会真正吹成口哨的吹气声。

一扭头，果然看到长歌蹲在一棵大树后，在冲我们招手。我和王栋忙猫了过去，只见长歌对我们做了个收声的手势，然后指了指前方。

顺着他指的方向望过去，那雾色深处，一个人影依稀可辨。他站在一座高耸的坟堆旁，一次又一次地举起手里的工具。

“外婆……这王八蛋想动我外婆。”王栋激动起来，甚至想要站起。但这一同时，那挥舞着工具的雾色中的人影，似乎听到了什么，他止住动作，朝着我们这边扭头过来。

我一把捂住了王栋的嘴，另一只手按着他的肩膀。夜色暗淡，浓雾弥漫，那人影转身后，正对着我们，但依然看不清对方的脸。不过，也就是他这么一扭头，我勉强能分辨出他有着和王栋所拍下的照片里那个酷似林珑的女人一般的齐耳短发。

我用力压着王栋，怕他又一次激动。可没想到的是，邵长歌却直起了身体，从藏身的大树下走了出来。

“你是谁？你是林珑吗？”他一边说着，一边朝前面走了两步。他的手背到了身后，对着一旁伸出食指动了几下——他想要我或者王栋绕向远处那人影身后。

实际上，就在他喊话的同时，我料定对方会拔腿狂奔的，我甚至已经朝前弯腰准备对着那夜色中的掘墓人冲过去。但令人意外的是，雾色中的人影并没有动弹，相反地，他在听到长歌的喊话后，缓缓将手里挖土的工具放了下来。

“你是林珑吗？”长歌再次往前跨出了一步，他的声音因为激动而开始发出颤音。或者，他只是因为天气太凉而有点发抖，“是你吗？林珑，我有七年不见你了，我甚至无法通过身影认出你了。”

“不要再往前了。”那人影说话了，是女人的声音，而且，而且像是……是林珑的声音。

“请你不要再往前了，否则，我会消失，你也不可能找到我。”容貌不可能被我们看清的她如此幽幽地说道。这时，夜色正暗，夜雾正浓。这夜色与夜雾中的林珑所发出的本应悦耳的声音，却诡异得让人头皮发麻，后背发凉。

长歌止步了，他的声音还是有点发颤：“真……真是你吗？林珑，是我啊，长歌，邵长歌，我回来了。”

“嗯，我知道了。”那林珑应道。

不，她不是林珑，她甚至可能是个男性。继续缩在树后的我，开始将身子弯得更低，继续往前。虽然我还无法看到对方的样貌，但她的身形和林珑相差太远。况且，就算是七年未见，她比以前魁梧了，可她之前挥舞锄头的姿势却让我怀疑，男人和女人因为身体结构的不同，所以做同一个动作也不可能一样的。

我加快了脚步往前移，耳边灌木窸窸窣窣的声响会不会传到不远处的她耳边呢？事实证明，我的担忧是对的。不远处那自称是林珑的人收声了，她转头，朝着我的方向望过来。

我们每一个人都会有一种迷信，对于自己的体能能够战胜普通人的迷信。作为警察，这一刻的我也是如此……况且，对方还可能是个女人，一个有着林珑声音的女人。

我握紧了手里的石头，跳出了灌木丛，朝着距离我大概十米远的人影扑了上去。但对方的反应也很快，她那本已经垂下的锄头被她再次扬起，朝着我打横扔了过来。

她不会是个女人，女人不可能在如此短的时间里，将一个并不轻巧的工具挥舞得如此有力。我朝着旁边闪了一下，躲过了锄头。对方并没有进一步攻击我的念头，而是一扭头，朝着另一边跑去。可也就是在这短短一瞬间，我看到了他的脸，看到了他的五官，他的容貌。

是姚沫，有着林珑声音的他，是姚沫。并且，我在那一瞬间还能认定的一点是，王栋之前拍到的照片里的女人，同样是他。因为戴着假发的他，在微弱的月光下，这一刻显现出的仿佛是林珑与姚沫两个人容貌重合后的样子。

“站住！”我低吼着，朝着他快步追去。对方的步子也很快，看得出他对这片山林的熟悉远在我之上。他在跑出十几米远后，又快速转了个弯，朝着一个陡峭的山坡冲了下去。

那一刻的我红眼了。一个穷凶极恶的对手触手可及，换作任何一个刑警在现场，也会赴汤蹈火的。想都没想，我便跟着他往那山坡下冲了过去。可紧接着，我被脚下一块突出的石头绊倒了，原本朝前狂奔的身体，朝着陡峭的山坡下狠狠摔去。

我无法控制地往前翻滚着，双手还在下意识地想要抓住什么，让自己停下。依稀间，不远处那人影停住了，并转过身来……他手里不知道什么时候多了一块大石头，大石头被他举过头顶，朝我砸了过来。

“砰”的一声，石头被他砸下了。那一刻已经闭上眼睛的我，却没有感觉到身体某个部位被击中的疼痛。相反，我那往下翻滚的身体磕到了那块大石头上。或者，应该说是大石头拦住了我的向下翻滚。

他没有砸中我……这是我脑海中第一时间跳出来的念头。我双手往地上用力一撑，用力爬起，想要再次朝他扑过去。

他距离我只有七八米远，月光正照在他脸上……他那齐耳的短发在奔跑中不见了，但也不再是之前我见到的有着一头乱糟糟头发的姚沫了。他剪了个显得干练的短发，于是，他本就和林珑一般俊俏的五官得以显现。而他望向我的目光里，也不是我以为会看到的杀人狂魔的凶残，反倒带着一丝关切。

他砸过来的大石头不是想要结果我，而是想要挡住我，令我不会受伤。

但……我是一个警察。

我明显感觉到自己嗓子眼里有着咸咸的液体在往上涌，但还是低吼了一声，想要再次朝他扑过去。一阵眩晕，令我无法往前了。不远处的他，竟然对我做了一个耸肩摊手的手势，然后转身往山下跑去，并快速消失在我的视线里。

趴在地上大口喘着气的我，用最后的力气对着他消失的方向喊道："姚沫，我一定会抓到你的，一定会！"

. 36 .

朱所长与他派出所的同事在接到我的电话后，半小时就赶了过来。他们人手不够，所以只封锁了他们自认为应该封锁的几个离开龙流涎的山路出口。市刑警队和市特警中队的同事是在凌晨三点半左右赶到的，十几辆闪烁着警灯的警车，让龙流涎山下的停车场变得异常明亮。

我头上被磕出了一个大包，腰部位置被某一块锋利的石子拉出了一条十厘米长的口子。长歌和王栋扶着我上了其中一辆警车的后车厢，局里另外一个法医说要派个车把我送回去缝针，我没答应。再说，李俊那模样，也压根没想放我走。他对着杨琦问道："你不是有缝伤口的法器吗？给他先处理一下，忙完再去医院就是。"

杨琦看了我一眼，转身就去拿她放在副驾驶位置下面的皮包，并嘀咕了一句："也不会很痛。"

于是，疼得龇牙咧嘴的我，将昨天下午到发现姚沫的整个过程，给李俊他们几个简单说了下。外面集结的刑警和特警也快速列队站好了，李俊看了一眼我的伤口："照你这么说，要在这山上挖出姚沫来，估计够呛。"

说完这话，他便跳下了车，往列好队的那些同袍走去。杨琦再次用酒精给我的伤口做了清理，又做了简单的包扎，然后便和另外那位法医下车了。这时，李俊的喊话声从外面传来："晓波，你的同学是本地人吧？要他过来协助下我们的工作吧。"

王栋那会儿正紧皱着眉，牵挂着他本该入土为安的外婆。听到李俊的喊话后，便对我们嘀咕了一句："我正好也想再上去看看。"说完便下车了。

敞开的车门外，可以看到两队特警开始朝龙流涎上奔跑，那不停闪烁的警灯，让每个人脸上都宛如霓虹闪过。作为人世间普通男人身份的他们，在这一刻演变成为罪恶的终结者，宛如天神般高大。只是，每一个这样的身影后面，也总归有着情与爱的牵绊，有着某个女人的挂念与担忧。

警察，是一个身份，更是一种责任。这一责任，不是针对某个人、某件事的，如果只是对于某人与某事，它反而会简单得多；这一责任，是对于普罗大众的，是对茫茫众生的。这一责任维系着整个人间，维系着万千灯火的岁月静好。

我忽然感悟到了什么。那些被每天的琐碎事引导的最初信仰与俗世磨砺的争辩，又一次拉开了大幕。不同的是，本已经薄弱的对于警察这个职业的认同感，在这个夜晚，又一次照亮星空。我想，我真正开始了解到，警察这一职业，到底是为了什么？

"晓波，介意我将车门先关上吗？"和我一起坐在后车厢里的邵长歌小声问道，"外面风大，吹进来挺凉。刚才你们的法医也说了，你要好好地休息一会。"

"嗯。"我点头，并将衣领往上翻起，身子也往后靠了靠。我想要合眼，但合眼的目的并不是渴望短暂休息。相反，我明白长歌想要和我聊些什么了。实际上，我也想听听他以一个局内人抑或心理咨询师的身份来说说他的想法。

"你确定你看到的是姚沫吗？"他声音不大，如同试探。

"确定。"我紧接着又补上了一句，"以及肯定。"我以为接下来我与他的对话又将是对龙流涎上那掘墓者真实身份的争辩。

但令我意外的是，长歌点头了。紧接着，他说出的话，让半眯着眼睛的我，一下坐了起来。

"晓波，你有没有觉得今晚我们面对的，可能不是姚沫或者林珑中的单独一位呢？"他声音依旧不大，但话语让人惊讶。

我抬头了："难道你的意思，姚沫和林珑是同一个人？"

"比利·米力根，也就是小说《24个比利》里的原型。1977年他因为涉嫌强奸并抢劫了三名女性而被警方逮捕。之后，他被确诊为患有多重人格症，医生在他的身体里，一共发现了二十四个不同的人格。这二十四个人格，一直伴随着比利于 2014 年离世。”

“嗯！”我补充道，“比利是最为典型的人格分裂案例。而人格分裂大致可以分为两种：心因性失忆症和多重人格症。比利，属于后者。”

长歌点头，嘴角开始上扬，这微笑有点职业。每一个心理咨询师都娴熟的那种表情，很自然地挂在了他脸上：“如果说某个分裂的人格，都只是他的某一个心理世界里的假面作祟，那么，比利所呈现出来的某几个带着浓厚口音的人格，就令人匪夷所思了。比如会英国腔的十三岁小孩多丽丝多福，又如二十岁的有着浓厚布鲁克林口音的纽约人菲利普，以及一个叫作里根的南斯拉夫人。因为比利的分裂人格里拥有里根，所以，当里根出现的时候，比利的英语会带着南斯拉夫口音。并且，这个信奉共产主义的里根，还会说流利的塞尔维亚和克罗地亚语。”

“长歌，直接说你想要表达的看法吧。要知道，犯罪心理学也是实用心理学下的一个分类，你不用对我科普太多这些人尽皆知的案例。”我打断道。

“好吧！”长歌耸了一下肩，“晓波，我想要表达的是，你我在坟山里所看到的，确实是如你所说的现实生活中的姚沫。只不过，他或许还有着另外一个人格，一个随时会要占据他身体的第二人格——林珑。”

我愣住了。多重人格的案例，始终只是在卷宗、书本或是戏剧、小说里出现过，甚至人格分裂这一名词，搁在我们队里那些老刑警眼里，压根就是个最为荒谬的笑话。当然，我在学校学习犯罪学、犯罪心理学以及刑侦等专业知识的过程中，类似于比利一般的人格分裂案例，也经常被拿出来当作课题研究。但每个人对于这一精神疾病都有各自不同的看法，正如每个人对于心理学也都有各自不同的看法一样。

长歌见我没有吭声，便开始继续了："之前我们已经知道了，姚沫和林珑是同卵异性双生子，这是罕见中的极为罕见。再加上他俩又是在完全不同的世界里长大，那么，他们在思想、行为上的相似度，也会有着惊人的相似性。目前我们所能够确认的，是姚沫作为一个大学后勤系统的员工，竟然会对于莎士比亚有着浓厚的兴趣，我觉得这一兴趣，只可能是林珑与姚沫思想中的某种用科学无法解释得通的关联所赋予的。不过，我遵循你们警方破案的方法方式，依旧用现有科学进行推理分析的话，那么，也可以将这些串联起来，并得出一个大胆的推测——因为思想与行为上的高度一致，会令姚沫对自己进行不断的自我催眠，产生出一个新的人物——妹妹林珑。而之前我们之所以听到了林珑的说话声音，就是姚沫所分裂出来……"说到这里，他顿了下，"或者，我们必须用'臆想'这个词。也就是姚沫身体里有了一个他所臆想出来的林珑，然后，他自以为变成了林珑，进而有了和林珑一模一样的声音。"

我摇头，但又不知道应该如何否决长歌的话。半晌，我又自顾自地点了点头："长歌，我承认个例是存在的，但我作为刑警，需要的是客观事实。"说完这话，我再次将身体往后靠了靠，微微闭眼。

长歌也不再说话了，我们本应该有很多话要说，但又都选择了沉默。

关于姚沫，也关于林珑，两人在我脑海中并不怎么深刻的影像，始终来回徘徊。我很疲倦，但脑细胞不肯停歇，自己与姚沫的每一次接触，都开始如幻灯片般重新演绎开来。

“留心，那跟在我背后的鬼。不要闹，史墨金！不要闹，你这恶魔……”

之前在礼堂二楼我无意中所听到的姚沫自言自语的这句话，突然间从我意识深处弹了起来。我猛地睁开眼，想要就这句话问问长歌。在这同时，长歌竟然也和我一样，选择了打破沉静。

“晓波，我预感到自己距离林珑越来越近了，甚至，我觉得，或许就是今天、明天，自己就会与她相见。只是……只是我对我的这种预感有些不安。”长歌这么说道。

出于礼貌我点点头，因为我本就不屑于面前这男人对于情感的重视，因为我自己在这方面本就冷漠。我直接岔开了话题：“有没有听说过‘史墨金’这么个名字？”

“史墨金？”长歌愣了一下，“是不是《李尔王》里面出现过的史墨金？”

“留心，那跟在我背后的鬼。不要闹，史墨金！不要闹，你这恶魔！”我记性本就不错，将之前那晚所听到的姚沫的这句奇怪话语重复了一遍。

长歌点头：“这是莎士比亚的《李尔王》第三幕第四场里的一段话。”

“前面是一些什么？”我又一次打断了他。因为我记得当时我上到礼堂二楼的时候，姚沫早就在那里碎碎念叨，我只听到了这后面一句罢了。

长歌想了下，轻声朗诵起来：

“他吃的是泅水的青蛙、蛤蟆、蝌蚪、壁虎和水蜥。恶魔在他心里捣乱的时候，他发起狂来，就会把牛粪当作一盆美味的生菜。他吞的是老鼠和死狗，喝的是一潭死水上面的绿色浮渣，他到处给人家鞭打，锁在枷里，关在牢里。他从前有三身外衣、六件衬衫，跨着一匹马，带着一口剑；可是在这整整七年时光，耗子是汤姆唯一的食粮。留心那跟在我背后的鬼。不要闹，史墨金！不要闹，你这恶魔！”

“七年……长歌，这段话里有‘七年’这个词语的出现？”我等待着他的确认。

“是，那整整七年时光里，耗子是汤姆唯一的食粮……”长歌说到这时，脸色开始变得难看了，“晓波，你是从哪里听到的这句话？是我离开后，我不在时，关于林珑的话？”

我看着长歌的眼睛，一字一顿回答道：“姚沫，这是姚沫在礼堂说过的话。”

“那……那这会与林珑有着某种关联吗？或者，只是巧合呢？林珑……林珑在我不在的这个七年里，难道过得非常不好？甚至连自由也不再了吗？”长歌激动起来。

“这些……或许都应该去问问姚沫才知道。”我摇着头，开始努力欠身。伤口位置还很疼，但我是警察，一位正在执行任务的人民警察。而我所要抓捕的对手，此刻就蜷缩在距离我不远的某个角落里，随时都会狰狞而至。

我拉开了车门，朝着不远处忙碌着的同袍走去。

留心那跟在我背后的鬼，不要闹，史墨金！不要闹，你这恶魔……

第十三章

七年，岂是余生

她用七年的时间和你相识，用七年的时间和你相守，最终，却只能选择用七年的时间来将你遗忘。人这一生，又能有多少个七年？灰色的精神病院肃穆、无声，这人间游戏永无落幕之时——情爱悲喜，每刻都在上演。

遗传精神病是与遗传有关的精神病。细胞遗传学发现，当细胞染色体在数量上或结构上发生异常时，便会引起精神障碍。临床遗传学研究表明，与精神病病人血缘关系越近，患病率越高。专家们发现如果父母一方为精神分裂症，其子女发病概率为15%左右，父母双方都是精神分裂症，其子女发病概率可达40%左右。总而言之，精神病有遗传倾向。

· 37 ·

在龙流涎的搜捕过程中，警方终于发现某个废弃的防空洞里，有着人居住过的痕迹。甚至，我们还找出了一套海城大学工程部员工的制服，上面有着姚沫的工号。于是，在山丘镇对于极度危险的开颅人屠凶犯姚沫的抓捕范围，次日凌晨扩大到了整个镇区。更多的警力被派遣过来，汪局还开始向领导申请抽调大批武警过来，进入山丘镇外的丘陵地带进行大规模的搜山行动。

长歌和王栋在早上就走了。上午十点多的时候，王栋给我打了个电话，说他俩已经回到了市区。我其实也记挂着长歌，寻思着出了昨晚的事后，他肯定更加郁郁寡欢。我主动问了句长歌怎么样？王栋说："他还好，而且也是他主动提出的要回海城。"

我的心宽了不少，也没多想，因为那会儿我正和之后赶到的汪局等人，在山丘镇派出所开"猎鹰行动"的紧急会议。

一直到下午三点，我才有时间小睡片刻。七点多起来后，跟着在“猎鹰行动指挥中心”里忙了一整天的大伙，每人消灭了两桶泡面。之后，大伙点起的香烟将这临时布置成指挥中心的派出所会议室熏得如同香火鼎盛的大庙。

悠闲只会是那么短暂的片刻，尽管如此，在场的每一个人又怎么可能真正放松呢？时间一分一秒地过去了，搜捕的同袍们并没有振奋人心的消息反馈回来。这也意味着，能够在这山丘镇抓捕到姚沫的希望，变得越发渺茫起来。

我掐灭了烟头，脑子里和这会议室的空气一样烟雾缭绕。于是我走去了洗手间，用凉水在脸上拍了拍，让连续忙碌了这么多天的大脑清醒一点。这时，一旁的厕所里，我们队里另外一个同事打电话的声音响了起来：“不会吧？我们已经将姚沫在市精神病院后面的住所搜了好多遍了，一点发现都没有，现在省厅过来的这些专家又要过去看看，是真不相信我们的能力了吗？”

他这句随意的抱怨，却让正对着洗手台的我一下愣住了。在姚沫逃跑后的当天，我也和同事们去过一次姚沫的住所，那是位于海城大学外的一个私人楼房四楼的狭小房间。房间非常简陋，只有一些最基本的生活用品，甚至衣柜里除了海城大学工程部的制服以外，就没有几件像样的衣裤。所以，我们在他家里面没有任何收获。也就在鉴证科的同事用紫外线灯在那小房间的各个角落里到处照射时，我站在房间里唯一的一扇窗户前，往外远眺了一会。目光所及，只有那栋灰色的市精神病院的楼房。

我闭上了眼睛，开始努力回忆。那远眺中，似乎还能捕捉到精神病院的好多扇窗户，每一扇窗户后面，都有某个疯狂的人蜷缩着。

精神病院传达室的保安老邓临死前对我说过的那一席话，再次在我脑海中回荡着。如果他的怀疑是真实的，那么，姚沫就应该经常进入他本不应该进入的市精神病院。他是去干什么呢？只是去撬开某个可怜人的头骨吗？又或者，精神病院是他某个大胆设想的实验室，用来实施某些我们目前为止始终无法琢磨透的疯狂举动吗？

莫莉是精神病人，而精神病有着很大概率会遗传给下一代……我的脑子好像一下被激活了……那段姚沫曾经躲在小礼堂二楼小声念叨的台词里，有着一句“他到处给人家鞭打，锁在枷里，关在牢里”。那么，精神病院是不是也应该被定义为另一种牢笼呢？

更多的线索，宛如蜿蜒而至的溪水，朝着这一推断结论汇合了……

孤儿林珑无亲无故，邵长歌就是她的执念。七年前，邵长歌选择出国深造，林珑微笑着接受这一现实，但骨子里的她，又怎么可能放得下。于是，她疯癫了……我感觉自己的后背有冷汗开始往外渗……姚沫曾说过自己进入海城大学工程部的时间是七年前，紧接着他又连忙改口为六年。也就是说，他不希望我将他进入海城大学的年限长短与邵长歌离开林珑的年限长短进行关联，也不希望我将两者进行关联后分析出更多的信息。

林珑可能……林珑有很大可能就是在……

她压根就从未失踪，也从未远去，而是变得疯魔后，回到了她童年曾经栖身的那栋灰色大楼。只不过不同的是，那里已经不是孤儿院了，而是精神病院。

我大跨步朝会议室走去，将门拉开。汪局正好站在门口不远处，他一扭头，与我目光交汇。

“晓波，怎么了？”他应该从我表情里捕捉到了什么。

“汪局，我或许发现了一些线索，会对抓捕姚沫起到至关重要的作用。”我对他说道。

汪局一愣，紧接着说道：“说出来给我听听。”

我瘪了下嘴，冲他笑了笑：“嗯，汪局，我可能，可能能够找到姚沫那失踪多年的妹妹。”

汪局也笑了：“这和抓捕姚沫似乎扯不上什么关系吧？不过……”他顿了顿，笑容也止住了，“事实证明了，你顺着这条线一路这么摸下去是正确的。说吧，要多少人跟着你过去。”

“给我辆车，我一个人过去就够了。”我斩钉截铁地说道。

汪局摇头：“不行，昨晚如果你身边有人的话，可能就直接把姚沫给逮回来了，所以，这会儿人手再不够，我也要挤出几个人来跟着你一起行动。”

我再次拒绝道：“汪局，真的不用。因为我现在要去的地方是位于学院路的市精神病院。我怀疑林珑和她母亲一样……”

“明白了。”汪局点头，他抓起了桌子上的一把车钥匙，亲手递到了我手里：“去吧，希望你又有新的好消息。”

“是！”我眼眶莫名一热，接过车钥匙，朝派出所大院大步走去。

我将警车停到了邵长歌家门口的路边，他的车不在，应该是出去了。他回来时如果看到警车，或许会给我打个电话。

想到这些，我不自觉地苦笑了一下。我对于帮长歌寻找林珑时所表现出的不耐烦与不上心，似乎又给人感觉是明显的言不由衷。当然，长歌可能会认为，我只是在利用帮他找林珑，来抓捕连环杀人犯姚沫。而这个连环杀人犯，又是林珑的双生子哥哥——一个从林珑角度来看同样是至亲的人。

在他心中，我应该是很现实的一个人了吧？

因为连续发生了两起命案，精神病院的领导对于医院的安保有了重视。我在精神病院铁门外出示了证件，两个一看就知道是刚来没有几天的保安煞有其事地将我的证件号以及电话号码进行了登记。接着，我问了下当晚值班的某位副院长的办公室位置，然后快步走向了二楼，敲开了这位副院长的办公室大门。

对方姓李，是一个戴着高度近视眼镜的中年男人。我对李院长说明了自己的来意，想要查询院里是不是有着一个叫作林珑的女性病患。可李院长对我摇头："小伙子，我在市精神病院干了十多年了，每一个病人我都或多或少有点印象。但是叫林珑的，确实没有过。"

"你能确定吗？"我质疑道。

"得，我现在就给你查查。"说完这话，他打开了电脑，在上面来回按了几下，又认真看了一会。最终，他再次扭过头来："没有，可以确定，我们没有收治过叫作林珑的病患。"

"哦。"我点了点头，有点失落。但紧接着我又问了一句："李院长，方不方便帮我查下，有没有过一个叫作景珑的病人呢？"

李院长摇头，没有直接说话，而是再次在电脑上按了几下。

"也没有！"他抬起头对我说道，"可以确定。"他笑了。

"那……"我还是不死心，"对了，李院长，你们这里是老院区，在开发区那边的新院区里接受治疗的病人名单，你这儿能帮忙查到吗？"

李院长摊手："小伙子，可能你要失望了，我刚才进的系统是包括了我们两个院区所有病患的，也就是说，我们海城市精神病院的两个院区里，都没有你所说的这个叫作林珑或者景珑的女人。"

“好吧！”我站起来对他伸出手，“这么晚过来，打搅了。”看来，这趟又是白跑了。

“没事，我一个人在这里也正无聊呢。”说完这话，李院长抬手看了下表，“呦，快九点了，我也要楼上楼下巡视一圈。前些天院里面开了会，说别看我们这只是个精神病院，安保工作也要给狠狠加强起来。如果再发生之前那种事，就要责任到人，谁值班谁背锅。”

我也笑了，跟他朝外面走，并随口说着：“之前那名犯罪分子一定会被绳之以法的，这点请你们放心。”

说话间，我俩迈步走到了位于二楼楼梯口的位置。李院长的办公室在这楼梯口的右边，而楼梯口的左边有一扇铁门，铁门的另一边，是长长的走廊。诸多疯癫的人儿，就住在其间。于是，我不自觉地停步，朝着那仅有着灰暗灯光的走廊深处多望了一眼。这时，隐隐约约地，好像有着女人哼唱的声音从那厢飘了过来……

I'm a big big girl in a big big world.

It's not a big big thing if you leave me.

But I do do feel…

是 *Big Big World*，我朝那边再跨出一步，甚至一度以为自己出现了幻听。因为那声音宛如从另一个时空穿透过来，遥远，却又清晰可辨。猛然间，我想起戴琳上次在我车上说起那几天有听到这首歌，而在那几天里，她不是为脑出血的死者出过精神病院的外诊？

“怎么了？夏警官。”李院长探头过来问道。

我“嘘”了一下，努力地捕捉着那细微声音的来源。

李院长表情严肃起来："夏警官，我们可是值班责任制啊！你这么个样子，不会是今晚又发生了什么破事，被我给摊上了吧？"

"你有没有听到声音，有人唱歌的声音。"我回头对他问道。

"嘿，我还以为是什么事呢？小伙子，我们这里是精神病院，自认为是歌星歌神的都有七八个，现在是到了晚上，该吃药的也都吃药了，所以到这会唱歌的人少了。你要赶着大早上他们精力充沛的时候，别提多热闹了。"李院长笑着大声说道。

"是吗？"我点着头，"可我怎么隐隐约约听到有女人在唱英文歌似的。"

"有吗？"李院长翻白眼，然后朝着铁门靠了靠，"哦，可能是大眼妹吧？她经常整宿整宿不睡觉，整宿地唱一首奇奇怪怪就那么两三句的歌。进来七年，她唱了七年。"

"七年……"李院长说出这两个字后，让我本已绝望的企盼，一下被再次调动了起来。

"你说的这大眼妹叫什么？年龄多大？她在这待了有七年了吗？"我一口气问道。

李院长连忙点头："是啊，七年了。七年前的一个早上，绑在一台轮椅上的她在医院门口被人发现，旁边还有一个小小的旅行包，里面放着一些全新的衣裤。当然，都是些便宜货。我们以为又摊上了福利机构经常遇到的事，捡了个没人管的疯子。谁知道在她那旅行包里，放着一张转账凭证，是我们收治精神病患者一年的费用。那凭证背后，还有一串小字，好像是说以后每年这个时候，都会按时缴费，并说了感谢什么的，希望我们照顾好这女病人的话。"

"我能见见她吗？"我尝试性地问道。

李院长点头："没问题啊！你等等。"说完这话，他从白大褂的口袋里变戏法一般拿出了一个对讲机，喊话要另外的同事把二楼的钥匙送上来。

放下对讲机，李院长看了一眼那走廊尽头，继续说道："这女病人长得还挺不错，眼睛很大。送她过来的人没有写下她的名字，所以我们就一直叫她大眼妹。怎么说呢？她的病情还算稳定，不哭不闹，也没有太多是非，就是傻，两眼发直，像能移动的植物人似的。对了，还有就是精力特别好，刚才我不是也说了，她经常整晚整晚地不睡觉，在那病房里游荡、唱歌。所幸她唱得声音也不大，好像只是想哼唱给枕边的人听一般……"

"她是不是在……在这走廊尽头的病房里？"问出这句话的我，莫名有了一种毛骨悚然的感觉。因为……因为在那一墙之隔的另一边，有着一幢小洋楼——学院路8号。而邵长歌的卧室，正是这学院路8号的二楼挨着精神病院的一头。

"没错，她就在最里面那个单间。她亲人每年给她存的钱刚好够她住单间的费用，挺好的……"

李院的声音在我耳边消散了，我的脑子里似乎一下被放空了，如同驻足幽远山谷……长歌回来一个多月了，他说，每天晚上，他耳边都会回荡着当日林珑在他耳边哼唱着的那首一度是他俩最爱听的歌儿。而一墙之隔的这一边，某一位七年前被送入精神病院的女人，她会整宿整宿地哼唱着歌曲，如同唱给枕边人听……

医院的工作人员将钥匙送上来了，李院长打开门，领着我往前走去。他继续絮叨着："这一层都是有点暴力倾向的病人，所以都看得紧一点。"这一讲解，似乎又与他之前所说的这位大眼妹病情很稳定的话语相悖。

他说的也被我所见到的证实了。每一个病房，都有着两扇门，外面是一扇中间有个四方窟窿的木门，里面是由铁条焊接起来的铁门。李院长似乎也看出了我的诧异，继续说道：“以前木门在里面，铁门在外面。那些病人发起病来，把木门给抠得稀巴烂。所以后来才换了这么个布置，铁门在里，木门在外。”

说话间，我和他已穿过了这一整条走廊，每一扇门里，似乎都有一个精灵在偷偷地窥探我们。最终，他在走廊尽头的那个房间前停步了。

“大眼妹！”他柔声说道，并用钥匙打开了外面那扇木门。于是，那黑漆漆的病房与外界，就只有一扇铁门相隔了。

“大眼妹！”李院再次喊道，并小声嘀咕了一句，“可能睡着了。”

“I'm a big big girl in a big big world……”哼唱的声音再次响起了。

“林珑，是你吗？”我终于忍不住了，但那暗影深处，除了这幽远的歌声，我再也捕捉不到什么了。

“有灯吗？能开下灯吗？”我对李院长说道。

李院长摇头：“我们医院有规定，这种长住的病患的病房都是八点半统一关灯，要培养他们养成一个好的作息习惯，便于管理……”

我瞪大了眼睛：“把灯打开，现在！”

李院长似乎被我吓了一跳，他犹豫了一下，然后按了下旁边的一个开关。

灯亮了……简陋的病房里，一张油漆掉得已经差不多的简陋铁床，靠着房间最里面摆放着。在铁床上，蜷缩着一位长发女人，身上裹着一块并不是很厚的被褥，紧紧缩在角落里。她望向我们的眼神里，有着发狂母兽般的凶悍。而她右手伸在床铺上的枕头上方，仿佛那里还安躺着一个她的同伴。而她，便是守护着不让外人吵醒那位同伴的雌狮。

林珑美丽依旧。

她宛如深谷，宛如幽兰，宛如这人间所有所有美好的综合体。她靠墙坐着，发如瀑布，肤如羊脂。

“林珑。”我小声喊道。

她望向我，眼神中有着一丝无法看懂的光芒闪过。接着，她笑了，或许，她认出了我。但，对她而言，似乎也不打紧。

I'm a big big girl in a big big world.
It's not a big big thing if you leave me.
But I do do feel.
That I too too will miss you much.
Miss you much...

她低头，眼中尽是似水柔情，望向那并不存在的枕边人儿，继续小声哼唱道。

. 38 .

寒来暑往，秋收冬藏；闰余成岁，律吕调阳；云腾致雨，露结为霜。人世间有着数不尽的来来与去，去去与来，其间游历过的人们咏唱着情情爱爱，面对的却又是朝云暮雨，冷暖淡薄。

在这人间一隅，再见林珑的一刹那，她那为邵长歌始终无法剪断的执念，穿过了狭小房间，越过那坚固的铁门，令人泪流满面。

是不是每个人，都逃不过恩爱情长呢？

我打电话给长歌，五次，但他都没有接电话。我这才想起，今晚是他在学校礼堂的第一场舞台剧上演的日子。于是，我又打给了王栋，他比我更吃惊，并应允现在就开车过来。

我在林珑面前站了有十几分钟，她也始终看着我，但她眼中的我却如同隐形人，无法干扰她对她那并不存在的枕边人哼唱小曲的永恒时光。

我叮嘱李院长看好林珑，等王栋赶到。而海城大学近在咫尺，我觉得自己有必要去一趟礼堂，亲口将这个会让长歌激动不已的消息告诉他。

我下楼的脚步沉重万分，拉开车门的瞬间，我又一次流泪了。其实，他们的情爱，本与我无关。我是一名人民警察，感性太多并不好。但我就是为了林珑，为了长歌，甚至是为了那罪恶滔天的姚沫，感慨不已。

海城大学并不远，却像开了很久很久。找到林珑的消息对于长歌，是噩耗还是捷闻，或许只有他自己才能够分辨。我将车停好，习惯性地从副驾驶位置的抽屉里拿出一副手铐，挂到了腰上，然后再迈步朝礼堂走去。秋意正凉，但学院角落里，相互依偎着的男女们依旧难舍难分……

礼堂里，舞台上的人们还在大声地朗诵着台词。我看到了长歌，他穿着华丽的礼服，俨然是舞台上的主角。

我靠在角落，身前是聚精会神的学子们，没有人留意我的出现。可就在那瞬间，我突然想起了自己与姚沫的两次相遇，似乎都是在这个小小的礼堂里。而长歌在这两天里，始终有些反常，常令我感到哪里不对。他这两天带我去的地方，正是距离市区一个多小时车程的山丘镇。甚至，他还要我将我的车停在海城大学，这样，我想要离开山丘镇，只能拿到他的车钥匙才行。

姚沫和长歌一样，痴迷着莎士比亚笔下的故事。尽管如长歌所说，姚沫的痴迷，很可能是因为他身体里或许有着林珑的痴迷。那么，在姚沫看来，这场演出，岂不是万分重要。而长歌，骨子里对我抓捕姚沫反感的长歌，回到海城后为这场演出付出诸多努力，实际上更多的是兑现自己对当日林珑的承诺，上演一出莎翁的舞台剧。

我深吸了一口气，开始环视整个礼堂。在通往二楼的那个楼梯口处，立了一块招牌，上面写着“不对外开放”五个字。

警察的直觉，令我警觉起来。而所有抓捕姚沫的警力，因为前一天我与长歌的发现而离开了海城，去到了山丘镇。也就是说，这会儿海城大学的这个礼堂里，对于姚沫来说，是一个很安全的所在。

我快步往前，朝着那楼梯口走去。这时，台上的邵长歌也看到了我，他本来融入演出中的陶醉表情，瞬间不见。接着，他的嘴唇动了一下，但最终，他选择了咬牙。这一刻，一个近乎可怕的念头，在我脑子里跳了出来——似乎，似乎我以为最为熟悉的邵长歌，与我所要缉拿的杀人恶魔姚沫之间，有着一个不为人知的协议……

我不再看他，推开了楼梯口那块招牌，往二楼大步迈去。

依旧有着陈年木头的味道，宛如书香，又宛如朽木。果然，我看到了一个端坐在其间的人。他的头发并不凌乱，甚至让人觉得清爽干净。他并没有感觉到我的到来，继续盯着楼下的舞台。

我摸出了那副手铐，缓步朝他走去。

近了，近了……

五米……

四米……

三米……

两米……

我一个箭步上前，将手铐准确地铐在那陶醉在舞台光影中的人的手腕上，另一头也铐在了自己的手腕上。

“嘘！”他依旧没有回头，仿佛我的到来早在他预料之中，“很快就结束了。”

我愣住了，本以为的一番激烈搏斗并没有发生。犹豫了一下，我还是下意识地坐下了，就坐到了他身边。

姚沫扭头看了我一眼，必须承认，真实的他是个英俊清秀的男人。只是，他的眉宇间，锁入了太多心事，无法舒展。

“夏警官，你给你同事们打电话吧！我陪你等他们过来就是。只不过，在等他们的时间里，我们安安静静的，可以吗？”

他话音一落，楼下的掌声响起。台上的人们张开双手鞠躬，其中也有长歌。只不过，长歌是抬头的，他望向的是二楼的我们，甚至有着可能，他是在向姚沫鞠躬，又或者是在向他以为存在于姚沫身体里的林珑鞠躬。

“我找到林珑了。”我一边掏出手机拨打给汪局，一边这么对身边的姚沫说道。

“是吗？”他微微笑笑，往座椅后面靠了靠。

他的这一细微动作，让我再次提高了警惕，甚至反手紧扣在了和我铐在一起的他的手腕处。

“你打电话吧，我不会跑的。我如果真要伤害你，你现在应该是在医院躺着的。”他苦笑着，如此说道。

“汪局，我在海城大学礼堂二楼，姚沫被我抓住了。”我对着话筒说道。

汪局似乎愣了一下，但紧接着应道：“十分钟以内，学院路派出所的同事就会赶到你那里。”

姚沫自然听到了话筒那头的声音。他看着我放下手机，耸了耸肩，这一动作似乎也是邵长歌喜欢做的动作。

“嗯，看来，我还可以和你聊个十分钟。”

我冷冷回应：“之后你也还有很多个十分钟，会是在审讯室里和我聊。”

他摇头：“不同的。那个时候，和你聊天的是穷凶极恶的杀人犯姚沫。而这一刻，与你聊天的，是深爱着自己妹妹林珑的姚沫。”

“是吗？”我语气依旧冰冷，“我想也是，你会将你所做的一切的动机，都添上一件对妹妹的大爱的衣裳，用来告诉所有人，你并不是冷血残酷。”

姚沫又笑了，他再次望向台下，那大幕正在缓缓合上。大幕后，邵长歌依旧伫立，看着二楼的姚沫与我，直至大幕合拢。

“夏警官，我其实对你们很失望，到现在才找到我那可怜的妹妹。我以为，你们冲进我租住的房子那天，就会意识到我之所以选择在那里住，不过是为了随时都可以看到自己至亲至爱的人。你们关心的始终只是我作为一个凶犯，接下来会做些什么、逃去哪里。而压根就没有研究过我的动机、我的目的。实际上，你们只要很随意地梳理一下，就能够洞悉我的所求。”姚沫依旧笑着说道。

他的这番话，让我感觉有点狼狈。事实也证明了，我作为科班生，完全可以用自己所学按部就班地找出姚沫的犯罪动机。无奈这几年从警的经历令我对自己不断否定，甚至若不是汪局的鼓励，我这会儿可能还在某个高速路口和同事们一起盘查着过往车辆。

我也笑了，迎合着他要营造的这并不真实的轻松氛围：“所幸到最后，我也还是跟上了你的脚步，不是吗？”

“那是因为长歌。”他又耸肩了，“他就是我和林珑的软肋，你知道的。”

“为什么杀人？”我决定将话题拉入正题。

姚沫望向了我，他和林珑确实很相似：“因为林珑。夏警官，我读书不多，来到海城大学后，倒是学到了一些东西。”

“能详细说说吗？”我看了下表，“趁着还有几分钟的时间。”

他点了点头：“最初，我分在医科院那边，某一次排查线路时，听了一堂关于海马体的课程，知道了脑外科的神奇。夏警官，我是一个锁匠带大的，不论我与锁匠关系如何，但是他教会了我开锁。实际上，世界上的每一把锁，都能够被锁匠打开。如果打不开，把那片钥匙里某个齿轮稍微磨掉一点点就可以了。也是因为学习，令我知道了，其实人的脑子也不过是一个类似于锁具一般的精细玩意儿。想要令林珑的执念……也就是想要令林珑忘记长歌的话，或许，也只需要稍微锉动人脑中某一个部位就够了。”

“那你成功了吗？”我冷笑道。

“但起码我努力了。”他顿了顿，重重地叹了口气，“最后，我终于明白，我能打开这城市中所有的门，却永远打不开林珑的心门。”

这时，邵长歌的声音从我身后响起：“可是，姚沫，我就是那扇门的钥匙。现在，我回来了，为什么就不能让林珑直接回到我身边呢？”

我和姚沫一起扭头，只见还穿着那套华丽礼服的邵长歌，已经站到了我们身后。他紧缩眉头，声音近似哀求："姚沫，现在，你可以告诉我林珑在哪里了吗？"

姚沫别过脸去。他似乎不想看身后的人："长歌，我和林珑是双生子，很多双生子有着某种精神上的联系，我和林珑也是如此。其实，对你来说，我只是一个你身边的路人。但我依附在林珑的思想里，对你却早已熟知。很快，你就会看到林珑的。我必须承认自己是愚蠢且疯狂的。你这次回国，加速了我的疯狂而已，事实却证明了，能打开林珑心中那扇门的人，也只会是你。"

这时，楼下传来急促的脚步声，以及男人大声询问二楼在哪里的声响，应该是我的同事们赶到了。

姚沫要站起，我明白他不是为了挣扎，这案子也终于告一段落了。我跟着他一起站起，转身。这时，他的声音变了，变得清脆、优雅……这一瞬间的他，又一次很神奇地拥有了林珑的声音。又或者真如长歌所说的，他身体里蜷缩着的另一个人——他至亲的林珑，再次来到。

"长歌，晓波会带你去找我了。我们会在不远处见面，而那里，定将成为我们之间的一个新的起点。"和我紧铐在一起的"他"，或者说"她"，如此说道。

"长歌，我爱你！其实，第一次见你，是五岁时，我在孤儿院楼顶晒我们的破被子。那一刻，你坐着木马摇着摇着，阳光照在你脸上，你是我世界里的美好。所以，我用了七年的时间好好读书，考进了实验中学，为的就是十二岁那年，与你在校车上的相识。我记得，那一刻的你和我穿着同样的校服，说明了我终于是你同一个世界的人了。你冲我微笑，我冲你伸出手，说那句'你好，我是林珑'。长歌，你知道吗？在你看来的十二岁时简单的相识，实际上是一个小女孩七年的努力得到了上天的回报。”

我朝着已经走上二楼的警察摆了摆手，示意他们往后退几步，容这一刻的姚沫抑或林珑，将最后的话语说完。他们愣了一下，但也没坚持，往后退了退。

这个林珑开始流泪了。她继续着：“然后，又是一个七年，我与你相守。我人生最幸福与最美妙的时刻，无一不是你赐予的。你成我的全部，也永远是我的全部。我还以为，你会是我的永恒，携手到我们人生迟暮。但七年的美妙时光是多么的短暂，你却要走了。长歌，爱怎么能自私呢？我与你在一起的时日里，我又要求过你任何吗？试图左右你任何吗？我挥着手与你道别，不想让你看到我的心在滴血……然后……”

她泪流满面：“然后新的七年里，我需要与你相忘。”

她扭头，看了我一眼。她的声音开始有了些微变化，似乎从女声开始变回自己的声音：“晓波，让其他警官带我走吧。你……你领着长歌去我用来忘记他的地方找我吧！”

至此，姚沫完全变回了他自己的声音。他抬步，本来紧铐在我腕上的那圈手铐莫名松开了，证明了他确实是个合格的锁匠。

他朝二楼楼梯口的那几名警察走去。经过邵长歌身边时，他苦笑着淡淡说道：“她用七年与你相识，又用七年与你相守。最终，你给她的，却是要用七年，来将你相忘。”

他与长歌擦身而过，留下的最后一句是：“接下来，重新回到起点的这个新的七年里，你们，又要如何共度呢？”

他伸出了双手，让警察将他再次铐上，被紧紧夹住往楼下走去……

在他身后，那依旧穿着华丽戏服的长歌垂下了头。他在喃喃自语着。

“是啊！接下来的新的七年里，我们，又要如何共度呢？”

敬请期待《人间游戏 2》

番外篇

人间剪影

吞噬灵魂的猫

他是这个城市里，最关注天气预报的一个人。每天，他都在等待雨夜的来临。因为只有雨夜，诸多丢失了灵魂的人，才会变得安静下来。他们那躁动着的心，只有雨水才能将之抚慰。

可同时，他又总会害怕雨夜的到来。因为海城的雨，有雷鸣与电闪相伴。那一时刻，他所深爱的天使会惊慌，会害怕，会蜷缩在墙角，会瑟瑟发抖，会嘤嘤哭泣……

他想想都心疼，将雨衣帽子往前提了提。接着，他用手里的两根铁丝，打开了后院的铁锁。这时，身后又有光闪过，惊扰着漆黑的苍穹。他加快了脚步，雷声轰鸣。

是的，这是一个没有预报，突然而至，令他猝不及防的雨夜。

他向前跑了几步，推开了面前这熟悉建筑的后门。人们，总是忘记锁上这扇门。因为人们觉得，又有谁会在午夜来到这里呢？这里是地狱在凡间的殖民地罢了。在人们眼里，这里居住着迷失了灵魂的生命，与死人本就没有太多区别。

但只有他知道，人们是错的。因为，就算是地狱，也不只存活着恶魔与亡灵。折翼的天使不也是蜷缩在地狱深处，等候光芒吗？

想到这些，他加快了脚步。他穿过走廊，上楼，又拐弯。最尽头的那个病房，就是他的目的地了。

他激动起来，因为他就要再次见到自己此生最爱的人儿了。

但电闪又临，雷鸣又至！

他奔跑了起来，光着脚的他，本就不害怕自己会否有扰人的脚步声。

“别害怕，我在这儿。”他冲到了那扇铁门前，双手抓住栏杆，对着面前漆黑的另一世界小声说道。

没有任何回应，宛如无人空间；宛如死般沉静；又宛如幽远山谷……

“嗯，我给你又带了个小家伙过来！”他边说边打开斜挎着的单肩包，“它挺可爱的，应该才两个多月吧？刚离开母亲的身边，在这附近开始了它的流浪。”

说到这儿，他用双手托起了一只白色的小猫。小猫左右打量着这个世界，感觉陌生，但又有着小小的兴奋。

“我想，你会喜欢的吧？”他蹲下，将小猫从栏杆的缝隙中往里送。小猫似乎感觉到了危险，小声叫着，企图往后退。

他又岂会让小猫离开呢？

最终，小猫妥协了。它那可以变幻的瞳孔望向了黑暗深处，许久之后，它似乎开始变得兴奋起来。

他摇了摇头，看来人们说的是真的，猫最喜欢的食物，就是迷失者的灵魂。就算是这么一只小猫，也不例外。

果然，它往前了。

一双如同冰雕玉琢般的纤长小手，从黑暗中伸了出来，搂住了白色的小猫。

“喜欢吗？”他对着这双手的主人说道。

对方没有吱声，而是缓缓地、缓缓地，将小猫带入房间深处没有一丝丝光的角落。

小猫的哀号声随之响起，还有骨骼被折断的声音，皮肉被撕扯开来的声音……

他站起，再次用双手握上铁栏杆。他在等待，等待着身后那漆黑苍穹中，再次有强光出现。

他等了许久。

终于，电闪了，雷鸣了。他激动不已，面前的黑色世界里有了光，令他得以窥探透彻。是的，他看到了她。

她依旧宛如幽兰，宛如深谷，宛如这尘世中所有所有美好的综合体。她靠墙坐着，发如瀑布，肤如羊脂。

她抬头了，望向了栏杆外的男人了。这，是多么令人激动的时刻啊。

“知道吗？那个人回来了。”他这么说道。

光芒转瞬而逝，她再次隐入黑暗。可惜的是，这一瞬间，他没能窥探到自己的话语说出后，天使是否有着异样的表情。

他唯一捕捉到的，是天使手里，有着在这短短时间里便已血肉模糊的一团罢了。

路过的蜘蛛

她将双腿抬起，放到了椅子上。这样，她就可以用双手将腿环抱，整个身体得以以一种蜷缩的姿势缩在椅子上。

厨房里，那个男人有点笨拙地忙活着。她微微探头，便可以看到他的背影。他依旧挺拔，只是较很久很久以前，似乎变得多了一种成熟男人的味道。而这些，她无法分辨，脑子里始终凌乱，理不清楚很多事，也看不清楚很多人。

不过，她也还是告诉自己，这样是很好的，是很舒坦的。得到与失去，对于本就没有在这社会上走过的她来说，就如同黑与白一般清晰。有七年，是得到的，有七年，是失去的。而接下来的七年，又将是得到的吗？

她感觉脑子里很凌乱，甚至又想要哼唱开来。这时，她开始意识到，或者，自己又要吃药了。以前，她很抗拒那蓝色的药丸。但现在不同了。现在，为了他，自己需要多吃药，他才会高兴，才会满意。况且，她也隐隐约约知道，自己现在与他的关系，不再是以前那么生疏了。因为精神病院的人说，只有至亲，才能将她接出医院。所以，男人带着她去照了相，领了个小本子，小本子上面贴着她与男人的合影。

有了这个本子，自己就成了他的至亲了。

想到这些，她笑了，一下又不记得吃药的事了，但双手还是紧紧环抱着双腿，这样才觉得安全。

就在这时，一只有点肥胖的蜘蛛，不知道从哪里爬出来，匆匆地从墙上爬过。可是，蜘蛛抬头看她的眼神，令她有点恼火了。因为她觉得，那眼神里有嫉恨，有凶残。

她欠了欠身，抬手将那只路过的蜘蛛捏住了，并放到眼前。拇指与食指之间，它在拼命挣扎。她愤怒起来，潜意识深处，有着一团积蓄已久的力量开始熊熊燃起。又好像是来自上一辈某位至亲所遗留下的东西，开始左右她的思想。

她的拇指和食指用力一压，那小小生命如同爆开了一般，发出外人无法听到的凄厉声响。这，在外人是无法听到的，只有她才可以听到。

她骨子里那个蛰伏着的精灵开始兴奋起来，并舞蹈起来。这让她觉得非常舒服、非常舒服。她的拇指和食指缓缓搓动着，搓动着，感受着弱小生命在其间被碾轧成粉末的快感。

“林珑，这是我第一次亲手做你最喜欢吃的韭黄炒蛋，味道可能并不好。”那男人扭头对她说话了，他的微笑，多么美好。

她连忙将捏碎了蜘蛛的手往后放，并抬头，努力将嘴角上扬，免得男人洞悉到自己身体里的恶魔在舞蹈。

“很快就可以吃饭了。”男人回头，又开始忙了。

她又一次意识到，自己应该要吃药了。但拇指和食指上，那黏黏的东西还在。于是，她扭头，看那一面蜘蛛爬过的墙壁。

她抬手了，将手里黏黏的东西往墙上抹去。淡淡的两道灰色痕迹，好像是……好像是自己潜意识里某些东西被压抑后流下来的两行眼泪。

她开始感觉不快，又忘记了应该吃药的事了。她再次用双手，将自己的双腿环抱，望向厨房里的那个男人。

莫名的，她开始有了担忧。似乎，这美好一幕，即将瞬间消失。甚至，她有了一种预感，男人会幻变，成为另一副模样。而他幻变时候，占据着他身体的，或许也是和自己一样骨子里深藏着的那股可怕的力量。

中作华文
ZZHW DIGITAL MEDIA

联合出品：许永　高路　华婧
特约监制：王俊一
特约编辑：陈佳迪
责任编辑：许宗华
封面设计：苏艾设计 QQ:690093529
版式设计：小　虫
印制总监：蒋　波
发行总监：田峰峥

投稿信箱：cmsdbj@163.com
发　　行：北京创美汇品图书有限公司
发行热线：010-53017389　59799930

创美工厂
官方微博

创美工厂
微信公众平台